光文社文庫

文庫書下ろし／長編時代小説

ふたたびの光

南蛮おたね夢料理㈥

倉阪鬼一郎

光　文　社

この作品は光文社文庫のために書下ろされました。

目次

第一章　甘藍焼きうどん

一

災い続きだった安政がようやく終わった。

安政七年（一八六〇）三月に改元がなされ、万延と改められたのだ。

江戸の民が地震や高波やコロリでいくら痛めつけられても改元しようとしなかった幕府だが、前年に江戸城の本丸が焼失するや、重い腰を上げてようやく改元に踏みきった。

「やっと肩の荷が下りたような心持ちだな」

一枚板の席に陣取った志田玄斎が言った。

「これから良くなってくれるといいんだけど、お父さん」

夢屋のおかみのおたねが言った。

「つらい上り坂が続いたら、今度は下りになるからな」

玄斎は身ぶりをまじえた。

夢屋は芝伊皿子坂のなかほどにのれんを出している。父の玄斎は近くの魚籃坂上の三田台裏町に診療所を開いているから、どちらも坂に縁がある。

「そういえば、このところ、坂を上り下りして体を鍛えてる人の姿が目立つようになったみたい」

おたねがふと思い出したように言った。

「世の太平の証だよ。コロリが流行ったときは、江戸でそんなことをする人はいなかった」

玄斎はそう言って湯呑みを置いた。

本道（内科）の腕のいい医者だから、患者は引きも切らない。ただし、妻の津女も医者で、弟子の玄気もしっかりしているから、たまには診療所を任せて娘のおたねの顔を見がてら夢屋へ骨休めにやってくる。

おたねは通り名で、本名は志田多根。両親の跡を継いで医者を目指したこともあるのだが、佐久間象山の弟子の光武誠之助と縁あって結ばれ、紆余曲折を経てこの夢屋を開いた。

「コロリが流行ってたころは、坂を上り下りするのは棺桶担ぎばかりでしたからね」

厨からおりきが言った。

これまた縁あって夢屋の厨を受け持つことになった女料理人だ。南蛮わたりの料理などではおたねが厨に入ることもあるが、平生はこの「肝っ玉母さん」が腕を振るっている。

「もうあんなのはこりごりだよ。生き地獄みたいだったから」

持ち帰り場から太助が言った。

おりきの息子で、しばらくはふらふらしていたのだが、恋女房のおよしと添ってからは急にしゃきっとし、いまは夢屋の持ち帰り場で威勢よく串を揚げている。甘口と辛口、好みのたれをつけて食べられる海老や甘藷や茄子などの串揚げは大の人気で、昼時には列ができるほどだ。

太助とおよしとのあいだに生まれた春吉は、安政五年の春生まれだから数えでもう三つになった。初めのうちは親の背に負われていたが、あっという間に大きくなって、いまは座敷まで平気で歩いて行くから、すっかり夢屋の人気者だ。

「いつの日か、災いが起きない世が来るかしら」

やや憂い顔で、おたねは言った。

「コロリのような疫病なら、療治法や薬ができて根絶やしにできるかもしれない」

玄斎はそう言って、甘藍（かんらん）の酢漬けに箸を伸ばした。

甘藍とは、いまのキャベツのことだ。江戸の世には観賞用として伝わっていたが、夢屋の厨では工夫を積んで、さまざまな料理に使っている。丸蒸しにしてもいいし、焼き飯や焼きうどんなどの具にもいい。存外に重宝な野菜だ。

「ほんとですかい」

「おととしのコロリで仲間をなくしちまったんで」

「ちょいと遅かったが、根絶やしになるんならいいやね」

座敷で呑んでいた大工衆が言った。

厨の様子を見ながら呑み食いができる一枚板の席と、腰を落ち着けられる小上がりの座敷に夢屋は分かれる。昼時には土間に花茣蓙（はなござ）を敷いて座れるようにし、持ち帰り場の前に長床几（ながしょうぎ）を据えて揚げたてを食べられるようにもなっている。おかげで、いつもどこかで客の声が響いていた。

「いや、いつの話かは分からないよ」

玄斎があわてて言った。

「さりながら、地震や高波などとは違って、疫病なら人の力で太刀（たちう）打ちできるかもしれない」

本道の医者は腕組みをした。

「地震は無理ですかい」

「土ん中にいるでけえ鯰（なまず）をやっつけたらおさまるんじゃないですかい」

「そうそう、鯰退治がいちばんで」

大工衆が勝手なことを言うから玄斎が苦笑いを浮かべたとき、のれんがふっと開いて二人の常連が顔を覗（のぞ）かせた。

夏目与一郎（なつめよいちろう）と善兵衛（ぜんべえ）だった。

二

夏目は元町方の与力（よりき）、善兵衛は錦絵にもなったほどの男前の駕籠屋（かごや）、前歴こそ違え、いまはともに楽隠居だ。夢屋の一枚板の席の顔として、足繁く通ってくれている。

さっそく玄斎の横に陣取った二人に、話し好きのおりきと太助がいまの話を伝えた。

「そりゃ、コロリのときはみなで療治法を思案したからね。知恵を絞って粘り強くやりゃあ、根絶やしにできるかもしれない」

夏目与一郎が言った。

海目四目（うみめよんもく）という「岡目八目」をもじった号をもつ狂歌師でもある。ただし、聞いたとたんに爆笑がわくような狂歌は下（げ）の下で、三日くらい経（た）ってからくすっと思い出し笑いをするような歌が上々吉（じょうじょうきち）だと言うのだから、なかなかに好みが難しい。

「地震のほうはどうです？」

おたねがたずねた。

「鯰退治でどうでえ」

「おれらはそう言ってたんで」

だいぶできあがってきた大工衆が言った。

「それで地震がおさまったら万々歳だがねえ」

と、軽くいなして、夏目与一郎は続けた。

「松代（まつしろ）の象山先生なら、ひょっとしたら地震がおさまるような仕掛けをつくれるかもしれないね」

「象山先生がもうつくった、と前に小耳にはさんだんだがねえ」

善兵衛が言った。

美男の駕籠かきで鳴らしたあとは、女房のおまさの知恵で長屋をいくつも建てた。いまはせがれの善造（ぜんぞう）に譲って楽隠居の身だ。

「それは地震の前ぶれを知る秤(はかり)みたいなものだと、誠之助さんが言ってましたけど」

おたねが答えた。

「そうかい。そりゃだいぶ違うな」

善兵衛は苦笑いを浮かべた。

「いや、それだけでも大したもんだよ。象山先生に百年くらい寿命があったら、本当に地震をなくす仕掛けをつくっちまうかもしれない」

夏目与一郎は真顔で言うと、おたねのほうを見た。

「誠之助さんはあとで来るかい？」

いくらか声を抑えて問う。

「ええ。まかないを食べに来ると思いますけど」

おたねは答えた。

「先生のつくった甘藍で焼きうどんをと」

おりきが厨から言う。

「そうかい。なら、わたしもいただこう」

夏目与一郎はだいぶ前から甘藍を育てている。初めのうちは太助が手がける赤茄子（いまのトマト）といい勝負で、どちらもまずくて痛み分けだったのだが、いつのまにか甘藍がだいぶ水をあけた。

「で、一緒にちょいと聞いてもらいたいことがあるので、またあとで」

「承知しました」

おたねがうなずいたとき、肴(さかな)ができた。

「はい、お待ち」

おりきが一枚板に置いたのは、赤貝の彩り刺身だった。

活きのいい赤貝は刺身がうまい。これにゆでた蕨(わらび)と若布(わかめ)を添え、赤と青みの彩りを配した、目にも心地いいひと品だ。

「お座敷にもただいま」

おたねのほおにえくぼが浮かんだ。

「おてつだい」

春吉がひょこひょこと歩み寄ってきた。

「前みたいにひっくり返さないでね」

母のおよしがいくぶん案じ顔で言う。

お手伝いをしたがるのは頼もしいが、このあいだは盛大に皿をひっくり返してしまい、顔じゅうを口にして大泣きをはじめたものだ。

「おう、えれえな」

「おいちゃんも手伝ってやろう」

気のいい大工衆が声をかける。

わらべのおかげで、おのずと夢屋に和気が満ちた。

「甘藍の玉子炒めもできますけど、いかがしましょう、四目先生」

おりきが水を向けた。

「おりきさんと相談して、味つけを変えてみたんですよ」

おたねも言葉を添えた。

「そうかい。そりゃ毒味をしないわけにはいかないね」

狂歌師でもある男は戯れ言めかして答えた。

「今度は太助のたれじゃないので」

おりきはそう断ってから手を動かしはじめた。

串揚げの甘だれを炒め物にも使ってみたのだが、揚げ物には合ってもいま一つの出来だった。またやり直しだ。

玉子は貴重な品だが、幸いなことに、夢屋は新鮮なものが手に入る。近くの白金村に住む杉造という男が、産みたての玉子を運んでくれるのだ。

玉子ばかりではない。鶏肉も杉造から調達できる。夏目与一郎は甘藍ばかりでなく、甘藷やじゃがたら芋(いも)なども畑で育てている。おかげで、夢屋ではよそにはない風変わりな料理を出すことができた。

ほどなく、炒め物ができあがった。

「一緒に毒味を」

善兵衛も笑って箸を取った。

「わたしも」

玄斎も続く。

「おっ、これはなかなかじゃないか」

ひと口食すなり、夏目与一郎が言った。

「ぴりっとするのは粉唐辛子かい？」

善兵衛が問う。

「さようで。塩と胡椒(こしょう)、それに隠し味にちょびっと唐辛子を入れてみました」

おりきが手の内を明かした。

「甘藍の苦みは炒めるとほんのりと甘くなる。そこに唐辛子の辛みがうまく響き合ってるじゃないか」

甘藍のつくり手が言った。

「玉子にも甘みがあるからね。身の養いにもなりそうだ」

玄斎が医者らしいことを言った。

「甘藍の苦みと辛み響き合へば名を人藍と改むるべし」

海目四目が思いついた狂歌を口走った。

例によって、どこに笑いどころがあるのか判然としない狂歌だ。

そのせいで、夢屋じゅうが妙にしんとしてしまった。

それを救うかのように、持ち帰り場に客が来た。

「いらっしゃいまし！」

太助がむやみに元気な声を張りあげたから、夢屋の気がやっと元に戻った。

三

ややあって、座敷の大工衆が腰を上げ、玄斎も束の間の骨休めを終えて診療所へ戻っていった。

海老の串も売り切れた。残るは甘藷だけだ。

「相済みません、甘藷だけで」

買いに来た客に、およしが申し訳なさそうに言う。

「おう、だと思った」

「甘藷のほうが安いからよ」

「普請場へ持って帰るんだ」

そろいの半纏の左官衆が口々に言った。

春吉を表で遊ばせていた太助があわてて戻る。

そうこうしているうちに、なじみの陶工衆が入ってきた。

「これ、いつもの、しくじり」

光沢のある柳色の道服をまとった男が、包みを差し出した。

「まあ、いつもありがたく存じます。待ってるお客さんも多いもので」

おたねが笑顔で受け取ったのは、失敗した陶器だった。

「しくじりのほうが、人気あるね」

宗匠帽に鯰みたいな口髭、尋常ならざる風体の男は、陶工の明珍だ。近くに窯を構え、
弟子たちをつれてしばしば夢屋ののれんをくぐってくれる。

明珍が手がける伊皿子焼は、その上品な風合いを好まれている。陶工の目は厳しいから、

素人は気にしないわずかな粗があっても「しくじり」と見なしてしまう。そういった失敗作は夢屋に渡り、料理を盛る器として使われていた。

いま一枚板の席に出ている横に長い平皿も伊皿子焼だ。ぜんまいのお浸しに筍の土佐煮、それにたらの芽の天麩羅。どれも春の恵みの肴だ。

「ところで、明珍さんのところで猫を飼うつもりはないかい？」

夏目与一郎がだしぬけに声をかけた。

「猫？　わたし、猫来ると、咳が出るね」

明珍はあわてて手を振った。

父が清国人で、その言葉を聞いて育ったせいで、しゃべりに独特の息が入る。

「なら、四目先生と一緒だな」

すでに話を聞いていたらしい善兵衛が笑みを浮かべた。

「そうかい。わたしもそうだから、飼えと言われても飼えないんだ」

夏目与一郎が言った。

「おいらは猫好きなんだがよ」

「かしらが猫は得手じゃねえんだから、とても飼えねえや」

「えさ皿や水呑み皿はいくらでもあるんだがよ」

陶工衆がさえずる。

「何か猫の当たりがあるんですか？　四目先生」

おたねがたずねた。

「そうなんだ。そのあたりを誠之助さんもまじえて訊いてみようかと思っていたんだが……」

夏目与一郎はそう言って、ちらりと外のほうを見た。

人の話し声はしたが、誠之助ではなかった。

「そろそろ寺子屋が終わる頃合いですから」

おたねが言った。

夢屋の棟続きの並び、坂の上手のほうは寺子屋になっている。なかなか見かけないつくりだ。

夢屋のあるじの誠之助は、弟子の坂井聡樹とともに寺子屋でわらべたちを教えている。

いい先生だという評判が立ったため、遠くから伊皿子坂まで通ってくれるようになった。

それが終わると、夢屋でまかないを食べ、今度は日が暮れるまで二人で洋書を輪読する。

初めのうちは誠之助が聡樹を教えていたのだが、いまはもうすっかりともに学問をする仲間だ。

「まあ、急ぐことはないので」

夏目与一郎はそう言って、また猪口（ちょこ）に手を伸ばした。

その後は陶工衆をまじえて、横浜の話題になった。

寂しい漁村にすぎなかった横浜村は開港してから瞬くうちに変貌を遂げ、目を瞠（みは）るような発展を遂げているらしい。

「うちも横浜に出見世（でみせ）を出したらどうです？　かしら」

陶工の一人が言った。

「伊皿子焼は異人さんらに受けるかもしれないね」

夏目与一郎が言う。

「富士のお山の焼き印とか入れたら、飛ぶように売れるかもしれねえな」

善兵衛が案を出した。

「でも、だれがしゃべるの。わたし、異人の相手、嫌よ」

明珍が首を横に振った。

「そいつぁ、人を雇えばいいじゃねえか」

「軽く言うなって」

「異人の言葉が分からねえといけねえんだぞ」

陶工衆が口々に言う。

「だったら、雛屋（ひなや）さんとこであきなってもらえばどうかねえ」

厨からおりきが言う。

「ああ、おいらもそいつを考えてたんだ、おっかさん」

太助もすぐ乗ってきた。

「雛屋さんの出見世は繁盛してるみたいだから、それがいいかも」

おたねも乗り気で言った。

雛屋佐市（さいち）は芝神明（しばしんめい）で眼鏡（めがね）やぎやまん物や唐物（からもの）などを幅広くあきなっていた。横浜開港に合わせて思い切って出見世を出したところ、首尾よく当たってずいぶんと繁盛している。

「ぎやまん風の、焼き物も、思案してるから」

「土に混ぜ物をしたりしてね」

「横浜で飛ぶように売れたら左うちわですぜ、かしら」

陶工衆はにわかにやる気を見せた。

そこで、夢屋ののれんが揺れた。

「お、待ってたよ」

夏目与一郎が右手を挙げた。

夢屋に入ってきたのは、光武誠之助と坂井聡樹だった。

四

厨は急に忙しくなった。

まかないの甘藍焼きうどんをおのれも食べたいという手が、夢屋のほうぼうで挙がったからだ。

太助とおたねも厨に入り、流れるように手を動かしながら焼きうどんをつくっていく。

おりきが打ったこしのあるうどんをゆでていったんざるにあげ、甘藍をはじめとする具を平たい鍋で油炒めにする。鶏肉の臭みの抜き方は手の内に入っているから、これも具に加える。

秋には茸（きのこ）もふんだんに入れるが、春のいまは小海老を具に加えた。さらに、味をよく吸う油揚げを入れ、終（しま）い方に割りほぐした玉子を投じ、塩胡椒と醤油（しょうゆ）で味付けする。

仕上げは削り節だ。削りたてをわっと鍋に加え、さっとまぜればあつあつの焼きうどんができあがる。

「焼き飯もうめえが、これも上々だな」

善兵衛が顔をほころばせた。

「塩胡椒と醬油の加減がいいね。しょうゆうことだ」

海目四目がしょうもないことを口走る。

「うん、甘藍がうめえ」

「海老と一緒に食ったらうめえな」

「前は苦くて食えなかったのによう」

陶工衆にも好評だ。

「玉子が入ると、彩りが引き立つな」

箸を止めて、誠之助が言った。

「身の養いにもなりそうです」

聡樹も和す。

佐久間象山の弟子と孫弟子で、蘭書ばかりかこのところは英語の書物も繙(ひもと)いている。ともに総髪で、額から知恵がにじみ出ているかのような風貌だ。

「ほら、ふうふうしてあげたから」

およしが春吉に焼きうどんを差し出した。

「ばあばがつくったおうどんだから、おいしいよ」

おりきが孫に向かって笑顔で言う。

春吉は、はふはふしながらも焼きうどんを胃の腑に落とした。

「おいしい？　春ちゃん」

おたねが問う。

「ふがふが……」

「ゆっくり食ってからでいいぜ」

父の顔で、太助が言った。

「……おいしい」

わらべが笑顔で言ったから、夢屋に和気が満ちる。

それやこれやで、焼きうどんは好評のうちに平らげられた。

「じゃあ、四目先生、例の話を」

機を見ておたねが水を向けた。

「そうだね」

夏目与一郎が口元を手の甲でぬぐった。

「先生のお知り合いの猫を飼わないかっていうお話だったんだけど、おまえさまが来てから改めてということで」

おたねが誠之助に手短に告げた。

「いや、猫が増えたから一匹どうか、などという軽い話じゃなくてねえ」

いくらかあいまいな顔で、夏目与一郎は言った。

「そのお知り合いに、何か深いわけでも？」

誠之助が読みを入れてたずねた。

「そうなんだ。ていねいに説明すると少し長くなりそうなんだが、時はいいかい？」

元与力の隠居が問う。

「ええ。あとは輪読だけで、人を教えるわけではないので」

誠之助が弟子のほうを見た。

聡樹がうなずく。

「なら、みなで聞きましょうや」

善兵衛が隠居の貫禄で話をまとめた。

「では、順を追って話しましょう」

夏目与一郎は座り直した。

そして、おもむろに子細を語りだした。

第二章　涙の潮汁

一

夏目与一郎の隠居所は、高輪台町の寺のあいだの細い道を山側へいくらか上ったところにある。

もとの隠居所は海に近いところだった。折にふれて芝の浜へ出て、美しい海の景色を眺めていた。

だが……。

安政三年（一八五六）の八月、その海が牙を剝いた。

江戸の町を大あらしが襲ったのだ。海に近いところは激しい風雨をまともに受け、多くの建物が崩れ落ちた。

築地の本願寺といえば江戸の名刹の一つだが、この大あらしにはひとたまりもなく、威容を誇った堂宇は灰燼に帰した。永代橋も流されてきた船がぶつかり、半ば崩れ落ちた。

しかし……。

大あらしよりさらに甚大な被害をもたらしたものがあった。

高波だ。

品川や芝のあたりから行徳や砂村に至るまで、広い範囲が高波に根こそぎやられてしまった。

安政といえば、前年に起きた大地震の名がいまに伝わっている。たしかに地震も大きな被害をもたらしたが、地盤の堅い山の手のほうは存外に無事だった。

さりながら、翌年の大あらしと高波は江戸じゅうに被害をもたらした。ことに、海沿いは壊滅的な打撃を受けた。

海のかなたから壁のようなものが押し寄せてきたかと思うと、水は一気に家並みを押し流し、人々を呑みこんでいったのだ。

夏目与一郎の隠居所も例外ではなかった。ふと気づいたときには、夏目は濁流に流されていた。

ここで若き日の鍛錬が役に立った。町方の与力のとき、大川で水練をやらされた。その際に、流されたときは無駄な力を使わず、背浮きで待つのがいちばんだということを学んだ。

それを思い出した夏目与一郎は「浮いて待て」を実践し、からくも九死に一生を得た。

同じように、高波に呑まれて助かった者もいた。

浜松町四丁目で風屋という扇屋を営んでいた礼次郎もそうだった。

街道から少し海側へ入ったところにある風屋は目立たない構えだった。

扇づくりの職人として修業を重ねてきた礼次郎が、女房のおさととともに開いた見世だ。小なりとはいえ、風屋ののれんには職人の人生の重みと思いがこめられていた。

礼次郎とおさとは子宝に恵まれた。

跡取り息子の礼吉は早くからよそでも修業をし、腕を上げて風屋に戻ってきた。親子がつくる扇は、その質の良さとあでやかな彩りで好評を博した。口から口へと品の良さが伝えられ、遠くから求めに来る客も増えた。

下の娘はおさちといった。

髷を結いはじめてからは母のおさととともに見世に立ち、明るく客に接してきた。いたって心ばえのいい娘だった。

おさちは客に見初められ、秋には嫁へ行くことが決まった。相手は近くの呉服問屋の次男で、この上もない良縁だった。風屋は喜色に包まれた。

だが、そんな幸せな一家を、高波は一瞬でちりぢりにしてしまった。

逃げよう、と思ったときにはすでに遅かった。

「おさと！」

女房の名を呼んだのが最後の記憶だった。

つないでいた手は、いつのまにか離れていた。そこからの記憶はさだかでない。ふと気づいたとき、礼次郎は木の枝に必死にすがりついていた。

懸命に木に取りすがり、股のところに身を預けてやっとひと息ついた。そのまま水が引くのを待ち、人の手を借りて、礼次郎は地面に下りた。

だが……。

そこに家族の姿はなかった。助かったのは、礼次郎だけだった。

その後、八方手を尽くして探し回った。しかし、家族と生きて対面することはかなわなかった。ようやく探し当てた女房のおさとと、跡取り息子の礼吉は、いくら身をゆすってその名を呼んでも返事をしてくれなかった。

どちらも高波に呑まれ、溺れてしまったのだ。返す返すも、痛恨な出来事だった。

娘のゆくえは杳として知れなかった。ことによると、おのれがだれか分からなくなっているだけで、おさちはどこかで生きているのではなかろうか。礼次郎はそんな儚い望みを抱いた。

本当に儚い望みだった。大あらしと高波に加えて火事も起き、たくさんの人が死んだ。身元の分からないむくろをそのままにしておくことはできない。災いで死んだ者の多くは焼かれて無縁仏になった。

おさちもそうなったに違いない。頭ではそう分かっていても、礼次郎はあきらめることができなかった。

たった一人の、手塩にかけて育ててきた娘だ。どうしてあきらめられよう。

これから先、楽しい人生が長く続いていくはずだった。嫁入りも決まっていた。まだ十六だった。

女房と跡取り息子に死なれたのも痛恨だったが、なきがらにすがって泣くことはできた。櫛と根付け、形見も手にした。

しかし、娘についてはそれすら許されなかった。往来を歩いているとき、似たような背恰好の娘を見かけるたびに、そこにおさちの面影が重なってたまらなくなった。

身寄りをなくした礼次郎は、高輪台町の寺の裏手に逼塞した。ちょうどその隣が夏目与一郎の新たな隠居所だったから、いつしか言葉を交わす仲になった。

寺の墓掃除などをしながら、礼次郎は世に隠れてひっそりと過ごした。扇職人に戻る気力はまったくわかなかった。家族の支えがあってこその扇づくりだった。

体調も芳しくなかった。おさちを嫁に迎えるはずだった呉服問屋は礼次郎のことを気にかけ、腕のいい医者を紹介してくれた。

だが、その診立ては芳しくなかった。身の中に悪しき瘍ができているらしく、本復は難しかろうということだった。

寺のつとめも難しくなり、伏せることが多くなった礼次郎にとって、かそけき救いになったのは、どこからか迷いこんできた猫だった。

しっぽに黒い縞のある白猫で、目が澄んだ水のように青かった。えさをやっているうちにすっかりなつき、夜も同じ布団で眠るようになったこの猫を、礼次郎は「さち」と呼んでかわいがった。娘と同じ名だ。

高波ですべてを失った礼次郎がその後に得た安らぎは、さちと名づけた猫と過ごす時だけだった。

しかし……。

礼次郎には一つの気がかりがあった。

おのれの身のことは、おのれがいちばん分かっている。この世にいるのはそう長くはないだろう。もう新たな年は迎えられないかもしれない。

べつに怖くはなかった。むしろ望みだった。あの世へ行けば、家族が待っているだろう。また巡り会うことができるだろう。

だが、猫をつれていくことはできない。さちは雌猫だから、この先子を産むだろう。まだ何年か寿命があるはずだ。

その猫を後に残していくのは、あまりにもふびんだ。えさをもらうのに慣れてしまったから、ことによると生きていけないかもしれない。

なんとかつてを頼って、身請け人を探さなければ。

そう考えた礼次郎が白羽の矢を立てたのは、隣に住む元与力の隠居だった。

二

「まあ、そんないきさつだ。いくらか長くなってしまったね」

夏目与一郎はそう言って、猪口を静かに置いた。

「つれえな」

善兵衛がぽつりと言う。

「いい腕の、職人なのに、残念ね」

座敷から明珍が言った。

風屋の名が出たところで、陶工が思わず声をあげた。かつて前を通りかかり、扇を買ったことがあるらしい。

「で、どうしよう、おまえさま」

おたねが誠之助にたずねた。

「猫かい」

「ええ」

「べつにおれは嫌いではないんだが、なにぶん急な話だからな」

誠之助は腕組みをした。

「いや、もちろんいますぐっていう話じゃないんだ」

夏目与一郎があわてて言った。

「だいぶ弱ってきたとはいえ、礼次郎さんは今日明日の命ってわけじゃなさそうだ。その寿命が尽きるまでは、娘さんとおんなじ名をつけた猫と静かに暮らさせてやりたいと思ってね」

隠居の言葉に、おたねはしんみりとうなずいた。

「玄斎先生に診てもらったらどうでしょうかねえ、四目先生」

おりきが案を出した。

「それは言ってみたんだ。知り合いに腕のいい医者がいるからってね」

夏目与一郎はいくらかあいまいな顔つきになった。

「で、いかがでした？」

おたねが先をうながす。

「いま礼次郎さんがかかっているのは、親戚になるはずだった呉服問屋から紹介された医者だから、義理立てをしていてね。それに、そこまでして長生きはしたくない、と言うんだよ」

元与力の表情がさらに曇った。

「無理もねえな」

「みんな死んじまったんだからよう」

「かわいそうに」

陶工衆が口々に言った。

「せめて、何か身の養いになって、心がほっと安らぐようなものを召し上がっていただけたらと思うけど」

「そうだねえ、おたねさん」

おりきもしみじみと言った。

「うちに見えたことは？」

誠之助が下を指さした。

礼次郎は夢屋に来たことがあるかという問いだ。

「誘ったんだが、おのれだけうまいものを食べるわけにはいかないからと断られてしまってねえ。そこで……」

夏目与一郎は一つ座り直して続けた。

「持ち帰り場の串揚げを差し入れたことがいくたびかあったんだ」

「ああ、ときどき持ち帰られてましたね」

今日も売り切れたため、後片付けを始めていたおよしが言った。

「ありゃあ差し入れだったんですか。酒のつまみにするのかと思った」

太助も言う。

「いや、わたしが食べた串もあるけどどね」

隠居がそう言ったから、やっと夢屋の気がやわらいだ。

「それで、礼次郎さんの評判は？」

善兵衛が問うた。

「海老の串を食すなり、ぽろぽろ涙をこぼしてね。こんなにうまいものは食ったことがないと」

「そりゃ、おいらが揚げた串だから」

太助が胸を張った。

「しかし、また『わたしだけ、こんなものをいただくのはすまない』と、そこへ話が戻ってしまうんだよ」

夏目与一郎の眉が曇った。

「でも、今後もせめて串だけでも召し上がっていただこうと」

「それがいいね」

誠之助がすぐさま言った。

「ただ、このところは脂っこい揚げ物は胃の腑が受け付けなくなってきてしまったようでねえ」

「まあ、それは……」

今度はおたねの眉が曇った。

「向こうの医者が言うには、もっと食べやすくて、身の養いになるようなものが良いのではなかろうかと」

夏目与一郎が言った。

「だったら、粥か汁がいいんじゃないかねえ」

おりきが言った。

「ちょうどいまつくってるんじゃない？　おっかさん」

匂いをかいで、太助が言った。

「ああ、潮汁をつくってるけどね」

と、おりき。

「おお、いいな、潮汁」

「酔いざましにゃいちばんだ」

「早くくんな」

座敷の陶工衆が所望した。

そんなわけで、礼次郎の話はいったん置いておき、みなに潮汁がふるまわれた。

海老の頭と鯛のあらでだしを取り、春の恵みの貝を加えて、さらに味の深みを増す。塩と酒で味を調え、ていねいにあくを取りながら煮立てていけば、五臓六腑にしみわたる潮汁の出来上がりだ。

「うめえ、のひと言だな」

善兵衛がうなった。

「深いね」

明珍も続く。

「江戸前の海の幸をぎゅっと煮詰めた潮汁ですからね。うまいです」

聡樹も顔をほころばせた。

「これは身の養いにもなりそうだね」

夏目与一郎が言った。

「じゃあ、おつくりして倹飩箱で運びましょうか。いずれ猫をいただくとしても、一度見てみないことには」

おたねはそう言って誠之助のほうを見た。

「そうだな。向こうが嫌だと言うかもしれない」

「ばりばり爪を立ててひっかかれたら嫌だものね」

おりきが笑った。

「なら、明日は天気も良さそうだし、善は急げだからつくってもらえるかな」

夏目与一郎が話をまとめにかかった。

「ええ、承知で」

おたねは二つ返事で請け合った。

「腕によりをかけてつくりますんで」

おりきが二の腕をたたいた。

三

その晩——。

おたねは床に入ったが、なかなか寝つくことができなかった。

誠之助は行灯（あんどん）の灯（あか）りを頼りに、なおも洋書の繙読（はんどく）を続けていた。目が悪くなるからほどほどにと言っているのだが、興が乗ると遅くまで書見をしている。

おたねは、ふっと一つ息をついた。

「眠れないのか？」

誠之助が声をかける。

「ええ。今日聞いた扇づくりの礼次郎さんの話が頭から離れなくて」

おたねは包み隠さず言った。

「そうだな……家族すべてと死に別れてしまったんだから」

誠之助はそう言うと、書物に紙をはさんで閉じた。

「ごめんなさいね、邪魔をして」

「いや、ちょうどきりのいいところだったから」

ややあって、行灯の灯が消えた。

それでも、まだ話し足りない気分だった。

「似たような娘さんが向こうからやってくるたびに、おさちちゃんじゃないかと思ったそうね、礼次郎さんは」

闇の中で、おたねは言った。

「ああ……うちもそうだったな」

思いのこもった声が返ってきた。

「そう。同じくらいの女の子を見かけるたびに、ゆめちゃんに見えた」

いくらかかすれた声で、おたねは言った。

「あれから、もうだいぶ経ったな」

誠之助は感慨をこめて言った。

「ええ。大地震のときだったから」

おたねは瞬きをした。
闇の中に、おゆめの顔がおぼろげに浮かんだ。

おゆめはまだ三つだった。
母のおたね、父の誠之助とともに、上野黒門町で暮らしていた。
おゆめは利発な子だった。
三つになると急に言葉が増え、むずかしいこともしゃべれるようになった。
「大きくなったら、お医者さまになって、たくさんの人を助けるの」
おゆめがそんなことを口走ったから、おたねと誠之助は思わず顔を見合わせたほどだ。
この子は神様が遣わしてくださったのかもしれない。
おたねは半ば本気でそう思った。
だが……。
思わぬ危難が襲った。
安政二年（一八五五）の十月、江戸を激しい揺れが襲った。世に言う安政の大地震だ。
地震の被害も甚大だったが、そのあとに起きた火事で犠牲になった者も多数いた。
そのなかに、娘のおゆめも含まれていた。

誠之助とおたねは寺子屋を営んでいた。よそさまから預かった子を逃がすことで精一杯で、おゆめにまで気が回らなかった。

おゆめは二階で昼寝をする習慣があった。その二階がつぶれてしまったところへ、火の手が回ってきた。誠之助が必死に助けに向かったが、時すでに遅かった。

煙に巻かれてしまったのだ。死に顔がきれいだったことだけが救いだった。おゆめはまだ眠っているかのようだった。

おたねは何度も娘の名を呼んだ。

しかし、おゆめのまぶたはもう開こうとしなかった。

その日を境に、この世のたたずまいは変わった。

おゆめがいた世と、いなくなってしまった世。

その二つは、明らかに違った。

この世から、おゆめという大切な色が消えてしまった。おたねの心の中に埋めがたい虚ができた。

似たような年恰好の娘を見かけるたびに、「あっ、ゆめちゃん」と思う。

むろん、思い過ごしだ。おゆめはもういなくなってしまったのだ。

嘆きの日が続いたあと、かそけき光が差しこんできたのは、夢屋を開いてからのことだった。

夢屋のゆめは、おゆめのゆめだ。明るい萌黄色ののれんには、「ゆめ」とその名を染め抜いた。

夢屋ののれんになって、おゆめは新たな時を生きる。たった三つで終わってしまった人生の続きを生きる。

おゆめは、夢屋の永遠の看板娘だ。

おたねはのれんをたびたび新調した。古いのれんも捨てたりはしない。手拭いや巾着などにして大事に使っている。

おゆめは死んだのではない。見えなくなっただけだ。

風になり、光になり、折にふれて夢屋に戻ってきてくれる。

おたねはそう思うようにした。

ときどきは、訪れを感じた。

ああ、いまゆめちゃんが来てる……。

そんな訪れを感じることもあった。

しかし、それでも、おゆめがここにいないことは寂しかった。ときには、たまらなく寂しくなることがあった。

おゆめの温もりや息遣いを感じることができない。それがたまらなく寂しく、悲しかった。


「いまごろ、どうしてるかな、おゆめは」

誠之助がぽつりと言った。

おたねは我に返った。

「……そうね。向こうで……」

闇の中で、おたねはいくたびも瞬きをした。あふれ出てくるものをこらえようとした。

「そろそろ……」

誠之助は一つ咳払いをしてから続けた。

「着替えをしているかもしれないな」

「着替え？」

おたねはたずねた。

「そうだ。おゆめは新たな装いに着替えて、またこの世に戻ってこようとしている。そう思えば、その望みは悲しみにまさる……かもしれない」

「ええ」

おたねはうなずいた。

「儚い望みだが」

誠之助はそう言って嘆息した。

おたねは夫のほうへ手を伸ばした。

たしかな温もりが伝わってきた。

第三章　青い目の猫

一

翌日の夢屋には、海老が多めに入った。

もともと串揚げに使うから、わざわざ頼まなくても入るのだが、けさはことに量が多かった。

それればかりではない。蛤や赤貝など、春の恵みの貝もふんだんに厨に入った。

「これなら、いくらでもだしを取れるね」

おりきが白い歯を見せた。

「いい潮汁をお届けできそう」

おたねのほおにえくぼが浮かんだ。

夢屋に入るのは海の幸ばかりではない。白金村には林もあるから、なじみの杉造が玉子や鶏のほかに運んできてくれる。

秋の恵みは茸だが、春は筍だ。その恵みをたっぷり使った筍飯を中食の顔にした。

「切り方がごろごろしててうめえな」

「油揚げもいい按配に入ってら」

「このお焦げがうめえんだ」

「仕上げの木の芽も、いいつとめをしてるぜ」

そろいの半纏の職人衆が口々に言った。

吸い物は蛤吸いだ。潮汁だと中食に間に合わないから、まずは手堅く蛤吸いにした。

これに小鉢が二つ付く。

甘藍の酢和えは葉のやわらかいところを使い、胡麻を振った小粋な箸休めだ。夢屋でしか出ない料理も、このようにさりげなく含まれている。

もう一つ、干し大根と若布の煮物も隠れた春の恵みだ。冬に干され、風にさらされながらじっくりと干しあがった大根と、新鮮な若布を合わせる。ささやかながら、出会いの妙を感じさせるひと品だった。

「刺身も食いたかったが、まあいいや」

「これだけの膳(ぜん)を食えるんだから、文句言うなって」

「串も付けられるのがいいやね」

こちらもなじみの大工衆だ。

「おかげでてんてこまいで」

海老の串を揚げながら、太助が言った。

「暇よりはずっといいじゃねえか」

「おいらの串は辛口で頼むぜ」

「こっちは甘藷を甘口で」

好き勝手に注文するから、中食の夢屋は大忙しだ。

そんな按配で合戦場(かっせんば)のような時が過ぎ、ようやく凪(なぎ)が来た。

夢屋は二幕目に入った。

二

「だんだん何でもありになってきたね」

総髪の画家が持ち帰り場を指さして言った。

筋の通った血筋だ。

平賀源内に寵愛された秋田蘭画の名手、小田野直武を祖父にもつから、筋の通った血筋だ。蘭丸も腕は申し分なく、似面の名手でもある。

「そりゃそうさ。豆腐が入れば田楽、鰻が入れば蒲焼きでい」

太助は威勢良く言って、団扇をぱたぱたと動かした。

甘辛二つのたれを使った串揚げに加えて、持ち帰り場では田楽や蒲焼きなどもあきなうようになった。今日は鰻を焼いている。

「おとう、すごい」

そのさまを見て、春吉が声をあげた。

「すげえだろ。おとうがとってきた鰻だからな」

「うそ教えちゃ駄目よ、おまえさん」

およしがすかさず言ったから、夢屋に和気が満ちた。

蘭丸は横浜帰りのようで、「パン」という面妖な食べ物を食した話を披露してくれた。日本人がいとなむ見世で、それなりに客は入っていたようだ。

「で、どうでした？　お味は」

おたねがたずねた。

「なんだか饅頭かやわらかい焼き餅みたいな感じで、あれだけで食べるとどうかなと」

総髪の蘭画家が首をひねった。

「なら、いま潮汁をつくってるけど、汁には合うかねえ」

厨で手を動かしながら、おりきが問うた。

「汁気があったほうが食べやすいんですが、潮汁はどうかなあ」

蘭丸はあいまいな顔つきのままだ。

「だったら、お茶とか」

と、おたね。

「お茶もどうでしょう」

画家は乗ってこなかった。

「いっそのこと、酒に合うんじゃないか？」

太助が案を出した。

「パンと酒……そりゃあ合いそうもないな、太助ちゃん」

蘭丸はまた首をひねった。

内海兵吉という男が横浜で本邦初のパン屋を開業する前、すでに日本でパンは製造されていた。韮山の代官で反射炉をつくった江川太郎左衛門が、兵糧として製造することを思いつき、屋敷に窯をしつらえて焼いたのが始まりと言われている。

実際に作業に当たったのは、兵学者の高島秋帆の従者だった。オランダ商館の賄い方だった男がつくったのは、かぎりなく乾パンに近いものだったらしい。その後も各藩で有事の備えの兵糧としてパンがつくられたが、その多くは平たい団子か煎餅のような代物だった。

それもそのはず、当時はまだイースト菌は発見されていなかったし、天然酵母を培養してパン種に使う技術も伝えられていなかった。

内海兵吉が江戸で菓子屋をいとなんでいた父親とともにいち早く始めたパンづくりも、その基本が分かっていなかった。翌文久元年（一八六一）には、同じ横浜でグッドマンとフランキヨという異人が別々にパン屋を始めることになる。

夢屋にゆかりの佐久間象山は多方面に業績を残した大才だが、むろん手がけなかったこともあった。

パンの製造も、その一つだった。

三

「匂いがいちばんの引札（広告）だね」

夏目与一郎がそう言って笑った。

「蒲焼き、もう終いですけど、召し上がります？　四目先生」

おたねがたずねた。

「うーん、若い頃なら一も二もなく手を挙げただろうがねえ」

狂歌師でもある元与力が答えた。

「いまは昼から鰻は駄目ですかい」

太助が持ち帰り場から言う。

「ちょいと胃の腑にもたれるねえ」

夏目与一郎が腹に軽く手をやったとき、のれんが開いてなじみの櫛づくりの職人衆が入ってきた。

木曽の藪原宿の特産品、お六櫛を手がける於六屋の面々だ。先のコロリでいくたりも亡くし、見世じまいも思案したほどだったが、まだおぼこい顔の見習いも入り、少しずつ活気を取り戻している。

「蒲焼きが余ってるんなら、もらうぜ」

「やっとひと山越えたんで」

「ここは呑むところだからな」

「蒲焼きはちょうどいいや」

櫛づくりの職人衆は口々に言った。

「へい、承知で」

太助がいい声で答えた。

おたねが問うた。

「なら、四目先生はどうされます？」

「わたしは玉子料理がいいね」

厨がよく見える一枚板の席に陣取った海目四目が答える。

「甘藍との炒め物も、じゃがたら芋の玉子包み焼きもいけますが」

おりきが言う。

「だったら、甘藍の育ての親としてはいささか面目ないが、じゃがたら芋のほうで」

「承知で」

女料理人はただちに手を動かしはじめた。

その後は、蘭丸が横浜で食べたパンの話題になった。

「土産に買ってきてくれればいいのに、気が利かないなあ」

次の串を揚げながら、太助が言った。

「仕方ないわよ。初めての見世に入ったんだから」

およしが言う。

「お客さんに異人さんがいたそうだから、そりゃ気後れしてそこまで気が回らないわね」

おたねが身ぶりをまじえて言った。

蘭丸は忙しいらしく、早めに出ていった。富士山を描いた蘭丸の絵は、横浜の雛屋の出見世で飛ぶように売れているらしいから、押しも押されもせぬ売れっ子だ。

ほどなく、じゃがたら芋の玉子包み焼きができた。

ゆでてほど良くつぶしたじゃがたら芋を具にして、玉子でふんわりと包む。黄金色の小判のかたちにまとめるのはこつがいるから、いまの料理に仕上がるまで、おりきとおたねは何度も試しづくりをしてきた。その甲斐あって、思わず笑みがこぼれるような出来になった。

「芋のごろっとした感じと、ふわりとした玉子のかみ味と舌ざわりが絶妙だね」

　夏目与一郎が満足げに言った。

「じゃがたら芋にも、溶き玉子にも塩胡椒で下味をつけてありますので」

　おりきが笑みを浮かべた。

　同じ料理は座敷の於六屋の面々にも出た。

「こりゃ、夢屋ならではだな」

「食ったら小判がたまりそうだ」

「ありがたや、ありがたや」

　職人の一人は手まで合わせた。

　そのうち、厨から何とも言えない磯の香りが漂ってきた。

「例のかい？」

　夏目与一郎が問う。

「ええ。寺子屋が終わったところで、運んでもらおうかと」

　おたねが答えた。

「はは、誠之助さんにお運びをさせるんだね。最後もちょっと坂だから、それがいいかもしれない」

　元与力は表のほうを指さした。

夢屋も伊皿子坂のなかほどにある。途中で曲がりながら続いていく坂は、まるで人生を表しているかのようだった。

「おたねさん、味見を」

厨でおりきが言った。

「はいはい、ただいま」

座敷へ酒を運んでから、おたねはとって返し、潮汁の味見をした。

昆布に加えて魚介をふんだんに使い、ていねいにあくを取って上等の下り酒まで入れた潮汁だ。これでまずかろうはずがない。

「いいお味ね」

おたねはすぐさま言った。

「なら、これで」

「ええ」

具は蛤と小ぶりの海老にした。黒塗りの椀に盛ると、見た目もなかなかのものになった。

「深いねえ」

呑むなり、夏目与一郎がうなった。

座敷にも運ばれる。

「こういう櫛をつくりてえな」

於六屋のあるじが言った。

「潮汁は呑んだらなくなってしまいますけど」

おたねはややいぶかしげな顔つきになった。

「それでも、深え味は残るさね」

「そうそう。使いこんだ櫛みてえな味わいだ」

「五臓六腑にしみわたるぜ」

職人衆も和す。

「海ってのは……」

夏目与一郎はいったん椀を置いてから続けた。

「ときどき荒れて悪さもするけど、こんなありがたい恵みもくれるんだからね」

高波に流されて九死に一生を得た男の言葉だけに重みがあった。

そうこうしているうちに、寺子屋を終えた誠之助と聡樹が入ってきた。

ちょうどいいから、潮汁とじゃがたら芋をまかないにした。玉子包みの具だけでもほくほくしていてうまい。

「これは身の養いになりますね」

聡樹が笑みを浮かべた。

「気の弱っている風屋の礼次郎さんへの、何よりの励ましになるだろう」

誠之助はおたねを見た。

「なら、さっそくお運びをお願いします」

おたねはそう言って笑った。

四

あまり大勢で行くのも相済まないので、聡樹は夢屋の番に残し、おたねと誠之助、それに夏目与一郎の三人で礼次郎の隠居所へ向かった。

誠之助が倹飩箱を提げている。中身はもちろん潮汁だ。冷めないように蓋付きの椀に盛り、温石(おんじゃく)も入れているからそれなりに重い。

「ここから入るんだ」

高輪台町のある角で、夏目与一郎は山側へ折れた。

ここからは上り坂だ。

「正面がお寺なんですね」

おたねが指さす。

「そう。明正寺という由緒のあるお寺でね。礼次郎さんも体が動くころは下働きを……」

夏目与一郎がそこまで言ったとき、寺の門の前に人影が現れた。

墨染めの僧だ。

「ご住職だね」

元与力の隠居とは顔なじみらしい。坂を下りてきた住職は足を止め、軽く両手を合わせた。

「礼次郎さんに差し入れを持っていくところなんですよ、和尚さま」

夏目与一郎が告げた。

「さようですか。それはそれは」

血色のいい福相の住職がまた両手を合わせる。

「伊皿子坂で夢屋という料理屋をいとなんでおります」

「これから潮汁をお届けするところで」

誠之助とおたねが言った。

「檀家廻りの際に、いくたびも前を通っております。精進ものしか口にできませぬゆえ、なかなかのれんをくぐれないのですが」

住職はすまなさそうに言った。

「昆布のおだしだけでおつくりした野菜の煮物など、精進ものも幅広くお出ししておりますので」

おたねが如才なく言った。

「わたしが手がけた甘藍を蒸したり焼いたりしたものとかね」

夏目与一郎もすかさず言う。

「さようですか。では、いずれ学びにうかがいましょう。大事な汁が冷めるといけませんから、どうぞお先に」

住職は身ぶりで示した。

徳がにじみ出ているかのような手の動きだった。

「では、また」

おたねは頭を下げた。

「失礼いたします」

倹飩箱を提げた誠之助が言った。

「次の法話会に顔を出しますから」

夏目与一郎が告げる。

「お待ちしております。では」

住職は一礼してから坂を下っていった。

礼次郎の隠居所に着くまでに、ふと思い出したようにおたねは隠居にたずねた。

「あの和尚さまのお名は？」

夏目与一郎はひと息置いてから答えた。

「生きる恩と書いて、生恩(しょうおん)和尚さまだよ」

五

礼次郎の隠居所はいたって小体(こてい)だった。茶室に毛が生えたくらいの大きさだ。

「ごめんよ」

夏目与一郎が声をかけて中に入った。

「失礼します」

誠之助が続く。

「あら」

おたねが声をあげた。

しっぽに黒い縞模様が入った白猫が、びっくりしたように見た。

その目は、青かった。

まるで澄んだ空のようだ。

「この子が、例の猫だ」

夏目与一郎が指さした。

目の青い白猫はあわてて奥へ逃げこんだ。

礼次郎は身を起こしていた。

「突然ですまないね。何か身の養いになって、心がほっこりするような料理をと思って、なじみの夢屋さんに頼んで潮汁をつくってもらったんだ」

夏目与一郎は笑みを浮かべて告げた。

「夢屋でございます」

おたねが一礼する。

「心をこめて、つくらせていただきましたので」

誠之助はそう言って、倹飩箱から椀を取り出した。

「そんなことをしていただくわけには……」

だいぶ痩せ細ってしまった、顔色の芳しくない男があわてて手を振った。

元は扇づくりとして鳴らした職人だ。風屋には遠くから扇を求めに来る客もいた。病で衰えてしまったとはいえ、職人のほまれの指の面影は如実に残っていた。

「と言っても、もう運んできてしまったから」

隠居が笑う。

「冷めないうちに召し上がってくださいまし」

おたねがそう言って、椀に木の匙と箸を添えた。

「さようですか」

礼次郎はあきらめたようにうなずくと、椀に手を伸ばした。

その腕は枯れ木のようで、椀を持つのも大儀そうだ。

「では、頂戴します」

風屋のあるじだった男は、ていねいに言って潮汁をすすりはじめた。

そのひざに、さちがすり寄る。

「怖くないからね、さちちゃん」

いくらか離れたところから、おたねが声をかけた。

青い目の猫は少し落ち着いた様子で、礼次郎のひざにひょいと飛び乗った。

「よしよし」

その首筋をなでると、礼次郎は思い出したようにまた匙を動かした。

「どうだい、礼次郎さん。なかなか深い味だろう」

夏目与一郎が声をかけた。

「ありがたく存じます、夏目さま。ただ……」

礼次郎の匙が止まった。

「ただ？」

隠居が先をうながす。

「こんなおいしいものを、わたしだけがいただくのは……」

礼次郎はそう言って、いくたびも目をしばたたかせた。

「向こうに行ったご家族も、これを呑んで精をつけてほしいと思っているよ。せっかく助かった命なんだから、一日でも長くこの世にいないとね」

夏目与一郎は情のこもった声で言った。

「いや、せっかくつくっていただいたんですが、この汁は潮の香りが……」

礼次郎は匙を置くと、指を目尻にやった。

「潮汁ですので、潮の香りはいたしますが」

おたねはややいぶかしげな顔つきになった。

「海を思い出すわけでしょうか」

誠之助が訊いた。

「はい……」

礼次郎は弱々しくうなずいた。

「女房とせがれと娘を奪った海の恵みの味がいたします。海を恨むのは筋違いかもしれませんが、あの日、海から高波が来なければ、平穏な家族の暮らしがまだ続いていただろうと思うと……」

もと扇づくりの職人は声を詰まらせた。

「分かったよ。そこまで気が回らなくてすまないね」

隠居は素直にわびた。

「相済みません。では、今度はほかの素材でおつくりします」

おたねも頭を下げた。

「どうかわたしのことはお構いなく。それより、わたしがいなくなったあと、このさちを、どうかよしなに」

礼次郎はそう言うと、椀に入っていた海老を猫に与えた。

しっぽに縞のある白猫は喜んで食べだした。

「承知しました。見たところ、お客さんに爪を立てたりはしなさそうな子なので」

おたねが言った。

「少し臆病なところがある猫なので、そんな乱暴なことはしないはずです。厠のしつけもできておりますから、どうかよしなにお願い申し上げます」

風屋をいとなんでいたもとあきんどらしい口調で、礼次郎は言った。

「夢屋の並びで寺子屋もやっているので、いずれはわらべたちにも世話をさせようかと考えています」

誠之助も言った。

「それなら、さちが子を産んでも安心です」

礼次郎はやっと笑みを浮かべた。

「じゃあ、身の養いになって寿命を延ばす汁は仕切り直しだね」

夏目与一郎が言った。

「いや、どうかお気遣いなきように……」

風屋のあるじだった男が弱々しく手を振る。

「夢屋さんにだって意地があるだろうからね。これでお終いというわけにはいかないよ」

いくぶんは狂歌師の顔で、隠居が言った。

「ええ。潮汁が駄目なら、べつのものを思案して……」

おたねは誠之助を見た。

「またお届けにあがりますので」

誠之助は白い歯を見せた。

礼次郎はもう抗（あらが）わなかった。潮汁の残りを少しずつさちに与えながら、その首筋をなでてやる。

思わぬごちそうにありついた猫は、すっかり落ち着いてのどを鳴らしはじめた。

第四章　豆玉飯（とうたまめし）

一

翌日の夢屋の中食は焼き飯だった。

まかないで出すことが多い焼き飯だが、たまには中食の看板にもなる。昼しか来られない客から、食べたいという望みが出るからだ。細かく切った甘藍や干物や蒲鉾（かまぼこ）や葱（ねぎ）など、具だくさんで玉子も使った夢屋の焼き飯は、いくらでも胃の腑に入るという評判だった。

「焼き飯の中食、あと十食でございます。なくならないうちにお早めに」

おたねが見世の前へ出て声を発した。

中食の数を限るのが夢屋の知恵だ。そうしておけば、売り切れる前にと客が来てくれる。具の余りが出ないから、大きな利にはならなくても小さな利を積み重ねることができるのだ。

「おっ、食ってくか」

「おう、そうしようぜ」

駕籠屋が足を止めた。

「いらっしゃいまし。中食は久しぶりですね」

おたねのほおにえくぼが浮かんだ。

「そういや、そうだな」

「たまには食わなきゃ」

そう言いながら駕籠を置いたのは、江戸兄弟だった。

先棒が江助(えすけ)、後棒が戸助(とすけ)。合わせて「江戸」になるという、ここいらでは有名な兄弟駕籠屋だ。若いころは駕籠屋で鳴らした隠居の善兵衛の孫弟子になる。

「おう、いい匂いだ」

「醤油がちょいと焦げる匂いだな」

「いけねえ、つばが出てきやがった」

調子よく掛け合いながら、江戸兄弟は夢屋ののれんをくぐっていった。

それからほどなくして、面体を頬被り(ほおかむ)りで包んだ小間物屋風の男が夢屋ののれんをくぐり、座敷の隅に陣取った。

当人は正体を隠しているつもりだが、おたねには丸分かりだった。

「お役目、ご苦労さまでございます」

おたねがそう声をかけると、小間物屋に身をやつしていた男はちっと舌打ちをもらした。

南町奉行所の隠密廻り同心、野不二均蔵だった。

さまざまななりわいに身をやつして江戸の町を廻るお役目だが、この男、名うての南蛮嫌いだった。これまでも夢屋で試作した料理に無粋な横槍を入れ、お蔵入りにさせたことがある。野不二同心が出たあとは、塩が撒かれるほどの嫌われ者だ。

「面妖な具は入れておらぬな？」

いつもの陰気な顔で、同心は問うた。

「わが日の本の、八百万の神の恵みを得た土で育てられた甘藍は、たしかお出ししてもよろしゅうございましたね？　元町方で与力を長くつとめられた夏目与一郎さまがつくっておられる野菜ですし」

おたねは有無を言わせぬ口調で言った。

「うむ、それはやむをえぬ」

南蛮嫌いの同心は不承不承に答えた。

「あとは江戸前の魚の干物とか、葱とか、日の本のものばっかりですから」

厨で手を動かしながら、おりきも言った。

まず江戸兄弟、続いて野不二同心に焼き飯の膳が渡った。

「うめえ」

「焦げてるとこが、とくにうめえな」

駕籠屋が声をあげた。

「小鉢と汁も忘れちゃいけねえぜ、駕籠屋」

「そうそう、この浅蜊（あさり）汁は絶品だな」

同じ座敷の端から、なじみの左官衆が言った。

「おう、ほんとだ。うめえや」

「浅蜊の殻をちゃりんと置く音が銭みてえだ」

「あやかりてえぜ」

江戸兄弟の掛け合いが続く。

小鉢は切干大根と人参と油揚げの煮物だ。こちらもほっこりといい按配に仕上がっている。

南蛮嫌いの同心は、苦虫をかみつぶしたような顔で匙を動かしていた。

どうあっても「うまい」とは言わないぞという面持ちだ。

ほどなく、同心の膳が空になった。

「いかがでしたか？　隠密廻りの野不二さま」

おたねは正体を口に出して、そこはかとなく恥をかかせた。

野不二同心は露骨に顔をしかめてから答えた。

「まあ、良いであろう」

二

「そうかい。『良いであろう』の旦那が来たのかい」

夏目与一郎がおかしそうに言った。

「いつものように塩を撒いときました」

おたねが身ぶりをまじえる。

「性懲りもないですねえ、あの旦那」

持ち帰り場から太助が言った。

「まあ、でも、先生の名を出したら、甘藍に文句は言えないみたいですからね」

厨でおりきが笑った。

「わたしは元与力で、いまの町方にもそれなりに名が知られてるからね」

夏目与一郎はそう言って、揚げ出し豆腐に箸を伸ばした。

衣がいい按配で、大根おろしもよく合っている。中食には手間がかかるから出せないが、二幕目ならこういう小粋な肴も食すことができる。

「で、礼次郎さんに出す次の料理に当たりはついたかい？」

夏目与一郎が問うた。

「ちょっと相談してたんですけど、ありきたりですがお粥とかお味噌汁とか」

おたねがやや自信なさげに答えた。

「豆腐汁だと食べやすいし、身の養いにもなるんじゃないかと」

おりきが言った。

「大吉（だいきち）さんのお豆腐はさらにおいしくなってますから」

と、おたね。

大吉は大あらしのあとに知り合った豆腐屋だ。ともに災いを切り抜けてきた縁で、いまも夢屋に筋のいい豆腐を入れてくれる。

「たしかに、それでもいいかもしれないね。味の濃い豆腐だから」

夏目与一郎はそう言って、残りの揚げ出し豆腐を口に運んだ。

「いいお豆腐が多めに入ったので、新たなお料理も思案してみたんです。まずはまかないから」

おたねが厨のあるところを指さした。

布巾（ふきん）をかぶせた豆腐の上に、大きめの平皿が据えられている。

「水気を抜いているのかい？」

元与力の隠居が問うた。

「そうです。玉子と合わせてみようかと思って」

「へえ。おたねさんの思いつきは鋭いからね」

夏目与一郎は白い歯を見せた。

「わたしにゃ無理なことを思案してくれますから」

おりきも笑う。

「いらっちゃい」

持ち帰り場のほうからかわいい声が響いた。

春吉が客に声をかけたのだ。

「おお、春坊、えれえな」

「おっかさんの真似をして、言えるようになったんだな」

「明日にゃ海老を揚げてるぜ」

「んなわけねえだろ」

近くの普請場に通っている大工衆が口々に言った。

「次はどう訊くの？」

およしが春吉にたずねた。

「んーと……」

わらべは首をかしげた。

まだそのあたりまでは難しいらしい。

「たれは甘辛どちらにいたしましょう、って訊くんだ。お客さんが好みを言うからよ」

太助が父の顔で教えたが、わらべは何を思ったか、顔をくしゃくしゃにしてわっと泣きだした。

「おうおう、泣くこたねえじゃねえか」

「泣かしちゃ駄目だろうが、おとっつぁん」

「これくらいのわらべにゃ、そりゃちと荷が重いぜ」

「お、忘れてた。おいらは甘だれで」

「おいらは辛いやつ」

「こっちは海老二本に甘辛だ」

大工衆はにぎやかに言った。

「へい、ただいま」

「お待ちください」

太助とおよしがすぐさま手を動かす。

「いけないおとっつぁんね。こっちへおいで」

おたねがすかさずわらべに歩み寄り、お守りをしはじめた。

手の空いた者が動き、助け合いながら切り盛りしていくのが夢屋だ。

わっと泣きだした春吉だが、おたねがあやすとすぐまた笑顔になった。

そのわらべらしい顔に、三つで逝ってしまったおゆめの面影がまたふと重なった。

三

その後、隠居の善兵衛と、そのせがれで長屋の家主の善造が連れ立ってのれんをくぐってきた。座敷には火消し衆が陣取り、腰を据えて呑む構えになっている。今日も夢屋は千客万来だ。

そうこうしているうちに、わらべの声が表のほうから響いてきた。寺子屋が終わったのだ。

「またあしたね」

厨に入ったおたねが声をかけた。

「さよなら」

「またあした」

わらべたちが元気に答える。

「そろそろ来るわね」

おたねは圧しをかけていた豆腐の具合を見た。

「どうだい？」

おりきが覗きこむ。

「いい按配に水気が抜けてるから、うまくいくと思うんだけど」

おたねは小首をかしげた。

「新たな舌だめしかい？」

善兵衛が問うた。

「ええ。まずはまかないでと」

「いいときに来たのかどうか」

善造が苦笑いを浮かべた。

「まあ、ただで食えるんだから文句を言うな」

父の善兵衛が言った。

ほどなく、誠之助と聡樹が入ってきた。

「また松代へ行くんだってね」

夏目与一郎が声をかけた。

「ええ、近々」

誠之助が答える。

「礼次郎さんの身の養いになる料理、さきほどからみなで知恵を出してたんだが、せいぜい豆腐汁や甘藷粥くらいで、これはっていうものが出なかったんだ」

「なるほど。では、象山先生にうかがってきましょう」

誠之助が先回りをして言った。

隣で聡樹が笑みを浮かべる。

「われら百人、いや、千人、万人より、象山先生の知恵はまさるだろうからね」

夏目与一郎が言った。

「下手の考え、休むに似たり、か」

いろいろ案を出していた善造が苦笑いを浮かべた。

そのあいだにも、おたねのまかない料理は進んでいた。

水気を抜いた豆腐と具を混ぜて焼く料理はある。玉子を加えることもある。そこへ鰹節をまぜ、醬油で味つけしてみたらどうかと思い立ったのだ。

「お、いい匂いがしてきたじゃねえか」

「胡麻油だな」

「こっちにもくんなよ」

座敷の火消し衆から手が挙がった。

そうなることも見越して、豆腐の水抜きは多めにやっておいた。この頭数なら行き渡りそうだ。

「胡椒を効かしたほうがいいかもね」

おりきが横合いから言った。

「承知」

平たい鍋を動かしながら、おたねは短く答えた。

たっぷりの胡麻油を引いた平たい鍋に、水抜きをした豆腐をもみ崩しながら投じ入れ、焦げ目がついたところで溶き玉子を入れる。塩胡椒を振って玉子と豆腐をなじませ、鍋肌から醤油を入れてからめる。醤油はいくらか焦げたほうがうまい。

仕上げは鰹節だ。削りたての鰹節をわっと入れて手早くまぜれば出来上がりだ。

「うまそうだな」

「いい香りです」

誠之助と聡樹が言った。

「座敷にもくんな」

「舌だめしをしてやるから」

火消し衆が手を挙げる。

「こっちはあとでいいんで」

「お客さんが先だ」

一枚板の席から、善兵衛と善造が言う。

「わたしも手伝うよ」

つくり方をすぐ呑みこんだおりきが言った。

「この料理の名は何だい？」

夏目与一郎が問うた。

「豆腐と玉子を炒めるので、『豆玉炒め』でいかがでしょう」

おたねが答える。

「なるほど、いい響きだね」

元与力の狂歌師が笑みを浮かべた。

豆玉炒めの評判は上々だった。ただし、いささか食べにくいのが玉に瑕だ。

「ちょっと豆腐を崩しすぎたかしら」

おたねが誠之助にたずねた。

「そうだな。匙があったほうが食べやすい」

誠之助がそう言ったから、みなに木の匙が行き渡った。

「こりゃあ、飯にかけてかきこんだらうめえぞ」

「おいらもそう思った」

「中食の顔になるぜ」

座敷の火消し衆が言う。

「葱も入ってたほうが良かねえか？」

善兵衛が一枚板の席で言った。

「そうだな、おとっつぁん。苦みがあったほうがいい」

善造がすぐさま言う。

「なら、甘藍の外っ皮でどうだい」

つくり手の夏目与一郎が言う。

「あんまり硬すぎるのもどうでしょう」

おたねは首をひねった。

「塩を振れば、いくらかはやわらかくなるがね」

「それなら、葱を刻んだほうがよござんしょう、四目先生」

手を動かしながら、おりきが言った。

苦瓜(にがうり)、ゴーヤとも呼ばれる野菜は、この時代の江戸では知られていなかった。豆玉炒めにもっとも合う野菜が配され、チャンプルーと呼ばれるようになるのは、まだずいぶん先のことだった。

四

「ほう、豆玉飯かい」

次の日の二幕目、ふらりとのれんをくぐってきた玄斎が言った。

「思ったより好評で、すぐなくなっちゃったの」

おたねが笑みを浮かべた。

「それは身の養いにもなりそうだね」

玄斎はそう言って、太助が揚げた甘藷の串を口に運んだ。

座敷では、伊皿子焼の陶工衆が遅い昼を食べていた。豆玉飯は食べ逃したが、豊漁の鯛の天麩羅はまだ出せた。これに飯とお浸しの小鉢と豆腐汁がつけば、膳としては申し分ない。

しばらくは玄斎もまじえて、誠之助と聡樹がまた松代へ向かうという話題になった。

「象山先生はいつまで蟄居（ちっきょ）のままなのかねえ」

玄斎が言った。

「そろそろお赦（ゆる）しが出てもいい頃合いだと、誠之助さんは言ってたけど」

おたねが答える。

「象山先生、閉じ込めるの、日の本の損ね」

いつもの口調で、明珍が言った。

「そうそう。異国船が品川の沖にどんどん来てるのによう」

「お上の思案がよく分からねえぜ」

「もったいねえ話だ」

陶工衆も口々に言った。

そうこうしているうちに、夏目与一郎もやってきた。

「おお、先生」

玄斎に向かって手を挙げると、夏目与一郎はおたねのほうを見た。

元与力の考えていることはすぐさま分かった。

「診療所は忙しい？　お父さん」

おたねがたずねた。

「あんまり忙しかったら、ここへ油を売りには来ていないよ」

その答えを聞いて、おりきが思わず笑った。

「なら、すぐ近くなんですが、一人、帰りに往診してもらえませんかねえ」

夏目与一郎がすまなさそうに切り出す。

「急病人かい？」

「いや、そうじゃないんですが……」

夏目与一郎は一つ座り直すと、手短にいきさつを述べた。

「先日、潮汁をお持ちしたんだけど、海のものは高波で亡くなったご家族を思い出すからと」

おたねが説明を添える。

「代わりに何を礼次郎さんに食してもらうか、ついでだから象山先生のお知恵を拝借しようということになりましてね」

夏目与一郎が言った。

「ちょうど甘藷粥が頃合いだけど、病人さんにどう?」

おりきが水を向けた。

「ああ、それはいいわね」

おたねがすぐさま言った。

「なら、善は急げで、いまから寄って診療所に戻ることにしよう」

玄斎はもう立ち上がった。

誠之助たちはまだ寺子屋だが、おりきと太助とおよしがいれば留守にしても大丈夫だ。

倹飩箱に甘藷粥の椀を入れると、おたねも夢屋を出た。

五

玄斎が礼次郎を触診しているあいだ、猫のさちはいくらか離れたところで心配そうに見守っていた。

冷めないうちにまず甘藷粥を食べてもらい、それから診察に入った。よって、身の養いになるものがいくらかは身に入っているはずだが、診立てはやはり芳しくないようだった。

「いかがでしょう、先生」

夏目与一郎がたずねた。

玄斎はうなずいただけで、すぐ言葉を発しようとしなかった。

その様子を見て、おたねは何とも言えない心持ちになった。普段の診療所では、診察を終えるや「いいでしょう」と言うのが父の口癖だった。弾むような「いいでしょう」もあれば、おのれに言い聞かせるような「いいでしょう」もある。その声の調子によって、病状のおおかたの察しはついた。

しかし、いつものその言葉すらにわかには発せられなかった。礼次郎の病状が深刻な証だ。

「……いいでしょう」

玄斎はようやくそう言った。

ただし、ずいぶんと沈んだ声だ。

「お迎えが来るのを、静かに待とうと思っておりますので、どうかお気遣いなく」

いまはなき風屋のあるじは、いくぶんかすれた声で言った。

「養生なさってくださいまし。さちちゃんも心配そうにしてるので」

おたねは笑みを浮かべ、目の青い白猫を指さした。

両の前足をきちんとそろえ、青い目を見開いてふしぎそうに見ている。なんとも愛らしい姿だった。

「気がかりなのは、こいつのことです。夢屋さん、どうかよしなに」

礼次郎はおたねに向かって言った。

「承知しました。でも、できるかぎり……」

おたねはそこで言葉を切った。

生きたくても生きられなかった命もある。おゆめのように、たった三つで死んでしまった者だっている。寿命が尽きるまでは、精一杯養生して、「ああ、この世に生まれてきて良かった」と笑みを浮かべて目をつむってもらいたい。それがおたねの思いだった。

「猫もなるたけ一緒にえさを食いたいだろうからね」

夏目与一郎も温顔（おんがん）で言った。

礼次郎はうなずき、さちに向かって両手を伸ばした。

ひょこっと猫が動き、飼い主のもとへ走る。おかげで、やっと場にかそけき和気が生まれた。

「よしよし」

首筋をなでてやる。

さちは大きな音を立ててのどを鳴らしはじめた。

「うちの人が佐久間象山先生の弟子なので、山のもので身の養いになるお料理はないか、ご本などを届けがてらこれから松代へうかがいに行きますので、お待ちになっていてください」

おたねが言った。

「それは楽しみだね」

礼次郎が口を開く前に、夏目与一郎が先んじて言った。

「では、どうかご養生を」

玄斎はそう言って立ち上がった。

猫のさちをなでながら、礼次郎は深々と頭を下げた。

第五章　仏蘭西観音汁

一

佐久間象山の蟄居は五年半の長きにわたっていた。

弟子の吉田松陰の海外渡航事件に連座した象山は、信州松代にて蟄居を命じられた。

意気軒昂な象山はいささかも落ち込むことなく、諸国から参じた者たちと談論風発し、砲術を指南したりしていた。これが公儀の勘気に触れ、向後は人と会うことまかりならぬと、門番を据えて目を光らせることになった。

それでも、ひそかに象山のもとを訪ねる者は跡を絶たなかった。弟子の光武誠之助と孫弟子の坂井聡樹もそうだった。

「安政のほぼすべてをこの聚遠楼で過ごしてしもうたわ」

象山はそう言って、誠之助が差し入れた豆菓子をぼりっとかんだ。

豆菓子にさまざまな書物、象山の好物を携えて松代に足を運ぶのが誠之助の常だ。

「されど、世はさらに風雲急を告げておりますゆえ、遠からず先生の出番はあろうかと」

誠之助は言った。

「己もその肚づもりでいるが」

象山の眼光がさらに鋭くなった。

身の丈五尺八寸（約一七五センチ）、異人と見まがうような、一度見たら忘れられない容貌だ。象山が横浜の警固の陣に加わっていたとき、敵将のハリスが思わず会釈したという逸話も宜なるかなと思わせる。

正面から顔を見ても、両耳が見えない。とがった耳は側頭部に張り付いているかのようだ。梟のごとき異貌で、万人に一人いるかいないかという面相だった。

「安政の世は、ずっとこちらで過ごされることになってしまいましたからね」

誠之助が気の毒そうに言った。

「然り。それにしても、あれほど災いが続きながら改元せず、江戸城の本丸が焼け、大老が難に遭ってから改めるとは腰抜けな話だ」

象山は冷ややかに言った。

「すると、桜田門外の変も改元の要因と先生はお考えでしょうか」

聡樹が正座のまままたずねた。

「恐らくはな。その死をひとまず伏せ、改元を行ってから公にするとは、あまりにも姑息なり」

象山はそう断って捨てた。

三月三日、雪舞う桜田門外で変事が起きた。幕閣の中枢を占める大老、彦根藩主の井伊直弼が水戸浪士らに襲撃されて横死を遂げたのだ。

しかし、幕府は初め、井伊大老は負傷したものの賊を撃退したと発表した。彦根藩へ見舞いの品を贈るなど、必死に体裁を取り繕い、三月十八日に万延と改元した。

そして、三十日に大老職を解き、閏三月三十日にようやくその死を公表したのだった。

「それにしても、まさに内憂外患ですね」

誠之助が嘆息した。

「かかる乱世にこそ、己の才覚が不可欠なのだが、歯がゆいことだ」

象山はそう言って、また豆菓子をかんだ。

己という呼称は、傲岸不羈な象山にぴたりと嵌まっていた。

佐久間象山は、まさに万能の天才だ。

当代でも一、二を争う碩学（せきがく）であり、古今東西、万巻の書に通じていることは瞠目するばかりだった。そればかりではない。幕府にさまざまな建議を行ってきたことからも知れるように、世を見通す透徹した目も持ち合わせていた。

そういった学者としての側面のみならず、象山は発明家でもあった。

砲術、写真術、種痘、養豚、馬鈴薯の栽培、硝子（がらす）・石炭の製造、葡萄酒（ぶどうしゅ）の醸造……象山が世に送り出したものは数かぎりない。貪欲に知識を吸収するばかりでなく、すぐさま試作をして成功に導くのが象山の才能だった。

「さりながら……」

象山はぬっと立ち上がると、一枚の書を手にして戻ってきた。

「かかる詞文が生まれたのは、蟄居の身であるがゆえだ。その点ばかりは天に謝さねばなるまいな、呵々（かか）」

象山は化鳥（けちょう）のごとくに笑った。

「詞文でございますか、先生」

誠之助が身を乗り出す。

「然り。いま吟じてやろう」

頼まれもしないのに、象山は朗々たる声で自作の詞文を吟じはじめた。

皇国に名華あり、九陽の霊龢を鐘め……

以下、連綿と格調高く吟じていく。

作者自らが朗詠する詞文を拝聴するのは耳福ではあるが、いつ果てるともなく続くので、途中で誠之助と聡樹は思わず顔を見合わせたほどだった。

……深林窮谷天光に膺り、闃として其れ人なきも自ら芬芳たり

桜花の香りのごときものを残して、象山の吟詠は終わった。

「よきものを拝聴させていただきました」

誠之助が頭を下げた。

「うむ」

象山は満足げな表情だった。

「この詞の題名は何でございましょう」

聡樹がおずおずとたずねた。

「『桜賦』なり」

打てば響くように答えると、象山は得意げに続けた。

「かの屈原の『橘頌』に擬し、桜がわが国の名花たるゆえんを述ぶるとともに、尊皇愛国の大儀の志を披瀝せしものなり。わが国に漢字が伝来してこのかた、あまたの詞文が綴られてきたが、唯一無二、無双の出来栄えであろう、呵々」

象山は会心の笑みを浮かべた。

もろもろの発明から詞文まで、まさに万能の天才ぶりをいかんなく発揮してきた象山に瑕瑾があるとすれば、謙遜とはまったく無縁の性格だった。ために、象山を毛嫌いする者も決して少なくはなかったが、それは有り余る才への嫉妬心の裏返しとも言えた。

「先生はかつて『望岳賦』という名高い詞文をつくられました」

古い弟子の誠之助が言った。

「然り」

象山の顔に喜色が浮かぶ。

「わが師佐藤一斎より、古今独歩の折り紙をつけられたものだ」

象山は得意げに言った。

天保十一年、象山三十一歳のときの作だ。

それからもしばらく、象山の自慢話は続いた。

日本に漢字が伝わって以来、さまざまな詩人が世に出(い)でたが、どれもこれも取るに足りぬ。己の足もとにも及ばぬ者ばかりだ。

そんな按配で気炎を上げるばかりだったから、さしもの誠之助もいささか辟易(へきえき)させられた。

その自慢話がようやく一段落したとき、誠之助はここぞとばかりに口をはさんだ。

「先生は詩人としても古今無双でございますが、医者としても高名でいらっしゃいます。その医者としての象山先生に、折り入ってお頼みしたきことがあるのですが」

象山の話の腰を折ることができず、ずいぶんと回り道をしたが、誠之助はやっと本題に入った。

二

ほかの医者が見放した患者でも、一度は象山先生に診てもらえ。

象山先生なら、命を救ってくださるかもしれないから。

郷里の信州松代ではそう言われていた。

蘭方の医書を繙読することによってその技術を修めた象山は、自ら治療道具をつくって外科手術を行うほどだった。象山の知識は専門の医者が束になってかかってきてもかなわないほど深かった。

だが……。

誠之助から礼次郎の病状について、腕組みをしたまま事細かに聞いていた象山の表情は晴れなかった。

「身の内に出現せし瘍は、小さきうちに除去せるを旨とす。雑草は芽のうちに摘み取るがごときなり」

象山はそう言って腕組みを解いた。

「あまりに大きくなりすぎた瘍を除去することはできないわけですね?」

誠之助がたずねた。

「然り。たとえ除去できたとしても、大本である身がもたぬ」

象山はただちに答えた。

「神水(しんすい)などを勧める医者もなかにはいるようですが」

聡樹がまたおずおずと口をはさんだ。

「理（ことわり）なき生兵法は、百害あって一利なし」

象山は鋭く斬って捨てた。

「はっ」

聡樹が頭を下げる。

「さりながら、神水などはともかく、もはや望みなき患者に、痛みと心持ちをやわらげる汁のごときものを供するのは、あながち益のないことでもないのではなかろうかと」

誠之助は問うた。

「うむ」

象山は束の間瞑目（めいもく）した。

「もはや治す手立てがないとなれば、患者の痛みをやわらげ、残りの日々を心安らかに過ごさせることが第一義となろう」

また眼を開いて言う。

ただし、その瞳に宿る光は少しばかりやわらいでいた。

傲岸不遜な性格で敵をつくることの多い象山だが、こと医者としては情に厚く、患者の身になって考えることができる人物だった。

「われらもそう考え、江戸前の海の恵みの潮汁をつくって供したのですが、海を思い浮かべる汁は家族を高波で奪われた風屋の礼次郎さんにはいささか酷でした」

誠之助はそう説明した。

「さもありなん」

象山がうなずく。

「そこで、今度は山のものを用い、患者の心をやわらげ、少しでも身の養いになるものを と……」

「分かった」

皆まで聞かず、象山はぬっと立ち上がった。

聡樹が息を呑む。

夜に見ると、まさしく魔王のごとき風貌だ。

象山はのしのしと書架に歩み寄った。

そして、大部の書物を手に取って言った。

「例のごとく、ショメールに訊いてみよう」

三

象山の知恵の原泉の一つが、全十六巻から成るショメールの『百科事典』だった。

前松代藩主の真田幸貫は、象山の良き理解者であり庇護者でもあった。藩主は象山のために、この大冊を四十両という大金で購入した。象山はそれを徳とし、隅々まで読みふけってさまざまな発明を世に送った。

しかし、硝子の製造法なども記載されているとはいえ、この詳細な百科事典は家庭用として編まれたものだった。そのため、料理の調理法なども随所で紹介されていた。

「ふむ……」

心当たりのところをすさまじい速さであらためていた象山の手が止まった。

「これが良かろう」

象山はうなずいた。

「もう見つけられましたか」

誠之助が驚いて声をかけた。

「ショメールはおおむね頭に入っているからな」

一度見たら忘れられない、夢にうなされそうな笑みを浮かべると、象山は書物を携えて戻り、どっかりと腰を下ろした。

「これだ」

象山は百科事典を開き、異人のごとくに長い指である箇所を示した。

pot-au-feu

そう記されている。

「これは……ポット、オー、ヒュー、でございますか？」

誠之助は自信なさそうに言った。

「仏蘭西語ゆえ、そうは読まぬ」

象山はそう言うと、一度聞いたら忘れられない声音でその単語を発音してみせた。

ポー、トー、フー

「ポートーフーでございますか」

誠之助は復唱した。

「然り。人参やじゃがたら芋などをじっくりと煮込んで供する料理だ。言ってみれば、仏蘭西の母の味だな」

「なるほど」

誠之助がうなずく。

「味つけはいかがするのでございましょうか」

聡樹がていねいな口調でたずねた。

「かつて、ブイヨンなるものを誠之助に教えたことがある」

象山はすぐさま答えた。

「エキュメ（あく取り）をする料理ですね？」

誠之助の表情がやわらいだ。

石頭の南蛮嫌いの同心に禁じられてしまったが、かつて夢屋では世に先駆けてワンタン麺を出したことがある。甘藍を用いた巻きキャベージ（ロールキャベツ）の心得もある。鶏のがらなどを用いて汁をつくるやり方は分かっていた。

「然り。野菜とブイヨンにてじっくり煮込み、黒胡椒と塩を足せば、深い味わいの汁となろう。仏蘭西の慈愛に満ちた母の手料理は、病み衰えた身と心をやわらげてくれるに相違ない」

象山はそう言った。

「では、さっそく江戸に戻ったら試作してみます」

誠之助は笑みを浮かべた。

「仏蘭西ではおのおのの家庭にて、あまたの母がつくってきた料理だ。その時の重みをも味わうことができるであろう」

詩人でもある偉才が言った。

「時の重み、でございますか」

と、誠之助。

「さよう。もはや回復の見込みなき患者は、残る一日一日を、できうべくんば『一日一生』の思いで過ごさせてやりたきもの。時の重みのこもった汁は、そのよすがとなるであろう」

象山は重々しく言った。

「一日一生、でございますね？」

誠之助が復唱する。

「然り。朝（あした）に道を聞かば夕べに死すとも可なり、と賢者は喝破した」

象山は『論語』の一節を引いた。朝に人生の真理を知れば、その日の夕方に寿命が尽きたとしても以て瞑すべし、という意味だ。

「当人の思いと志によって、単なる一日は一生の長きに引き延ばされる。これが一日一生の生き方だ」

象山はそう教えた。

「承知しました。そのよすがとなるポートーフーをつくり、患者に供することにいたしましょう。ありがたく存じました、先生」

誠之助は深々と一礼した。

四

「うちの畑で穫れたものでしたら、いくらでもお持ちください」

幸田源兵衛が日焼けした顔に笑みを浮かべた。

佐久間家の用人だ。象山のもとをたずねた帰りに、用人の屋敷で一泊するのはもはや習いとなっている。

「南蛮種はどれもこれもいま一つなんですが、だしを取るのなら使えましょう」

源兵衛が言った。

「では、お言葉に甘えて、赤茄子や阿蘭陀三つ葉などを頂戴してまいります」

誠之助は笑みを浮かべた。

赤茄子はいまのトマト、阿蘭陀三つ葉はセロリのことだ。源兵衛から種をもらい、ひと頃は太助も畑で育てていたのだが、夢屋の持ち帰り場が忙しく、春吉の相手もしなければいけないから、このところはすっかり投げ出してしまっている。

「相変わらず苦いばっかりで、家族には不評ですが」

用人は苦笑いを浮かべた。

誠之助と聡樹も幸田家の人々とは顔なじみだ。その日も夕餉をともに囲んで楽しい時を過ごした。

味噌おやきにきゃらぶき、それにあるじの源兵衛が手ずから打った蕎麦。いかにも信州らしいもてなし料理だ。

そのうち、しっぽの短い茶白の猫がひょこひょこと座敷に上がってきた。前からよく見かける幸田家の飼い猫だ。

「うちでも猫を飼うことになりそうです」

誠之助は告げた。

「ほう、それはそれは」

源兵衛が笑みを浮かべる。

「猫の飼い方に何か勘どころはありましょうか」

誠之助はたずねた。

「猫は賢い生きもので、厠も覚えますし、きれい好きゆえおのれを舌でなめるもので、格別に洗ってやらずとも毛並みは美しいままですよ」

用人が答える。

「毛の長い猫なら、櫛で梳(と)かしたりしますけど、この子くらいなら放っておいて大丈夫です」

女房も言葉を添えた。

「で、どこからかもらわれるわけですか？」

源兵衛がたずねた。

「はい。重い病気に罹(かか)られている方がおられて、かわいがっている猫を後に託す者を探していると聞いたもので」

誠之助はそう答え、かいつまんでいきさつを伝えた。

「さようですか……おつらいことですね」

情に厚い用人が言った。

「それで、病人の身と心の養いになる料理のお知恵を象山先生にいただこうと思ってたずねてきたのです」

誠之助は言った。

「何か良いお知恵は出ましたか」

源兵衛がたずねた。

「ええ。ポートーフーという仏蘭西の煮込み汁のような料理を教えていただきました」

誠之助が答える。

「ポー、トー、フー」

音を延ばしながら、源兵衛は反芻(はんすう)した。

「なんだかお経みたいね、おまえさま」

女房が笑った。

「そうだな。ポートーフー、ポートーフー……」

用人が両手を合わせて拝むしぐさをしたから、場に笑いがわいた。

「ポートーフーでは言いにくいですから、そういう名前にしたほうがいいかもしれませんね」

聡樹が案を出した。

「なるほど、和の名前にするわけか」

と、誠之助。

「ええ。お経といえば……」

「ありがたい観音経などはいかがでしょう」

源兵衛が言った。

「なるほど。では、観音汁がいいかもしれませんね。ポートーフーは仏蘭西観音汁ということで」

誠之助が白い歯を見せた。

象山から知恵をもらい、料理の名まで案が出た。大いに収穫のある信州行だ。

「身の内に入れると、病が治るような名前ですね」

聡樹がうなずく。

「そうあってもらいたいものだな」

誠之助はしみじみとした口調で言った。

第六章　漉(こ)し粉(こな)玉子飯

一

「ごめんなさい、杉造さん、二度手間で」

おたねがすまなさそうに言った。

誠之助と聡樹が戻った翌日の夢屋は、すでに二幕目に入っていた。白金村の杉造は朝早くに玉子と野菜を届けてくれるのだが、今日は昼にもう一度足を運んでくれた。あるものを所望したところ、快くまた持ってきてくれたのだ。

「なんの。おかげで、うまいものを食べられたので」

よく日焼けした男は、そう言ってまた箸を動かした。

中食の顔に出した漉(こ)し粉(こな)玉子飯だ。杉造が来ることが分かっていたから、一人分だけ取っておいた。

「結構、手間がかかったからね」

おりきが笑う。

「ごめんなさいね。料理の書物に出てたので、おいしそうだと思って」

と、おたね。

「いや、ほんとにうまいよ。こりゃ飛ぶように出ただろう」

杉造が言った。

「ええ、おかげさまで、評判は良かったんですけど」

「ゆで玉子をつくって、黄身を裏ごししてから乾煎りする手間がかかるからねえ」

厨からおりきが言う。

「おいらも手伝ったくらいで、てんてこ舞いでしたよ」

太助が持ち帰り場から言った。

手間をかけてつくった漉し粉玉子は、大根飯にかける。短冊切りの大根とあられ切りの油揚げを入れてだしで炊きこんだ飯の上に、ぱらぱらになった漉し粉玉子をたっぷり盛る。黄金色の彩りが目に鮮やかだ。

さらに、刻んでゆでた大根の葉の茎を振りかけ、さっぱりとした吸い出しをかけていただく。これならいくらでも胃の腑に入るともっぱらの評判だった。

この漉し粉玉子飯に、朝漁れの魚の刺身、それに浸し物の小鉢と豆腐汁がつく。夢屋の中食の膳はまたたくうちに売り切れた。

「……ああ、うまかった。ごちそうさん」

杉造は満足げに箸を置いた。

「今度は、これをうまいものに変えますんで」

おりきがあるものを手にとってかざした。

杉造が二度手間で運んできてくれたものだ。

それは、羽をむしった鶏だった。

二

「えーと、何て言うんだって、あく取りのこと」

大鍋に向かいながら、おりきがたずねた。

「エキュメ」

おたねが答える。

仏蘭西語でスープのあく取りのことをそう呼ぶ。

「えー、お灸じゃなくて」

おりきは額に手を当てた。

「エキュメです」

おたねがおかしそうに答えた。

「あく取りでいいって、おっかさん」

太助が言った。

「分かったよ。あく取りあく取り」

おりきはそう言って、網であくをすくいはじめた。

「前にワンタンづくりでやってるから、要領は分かってるんだね」

一枚板の席に陣取った夏目与一郎が言う。

「鶏のがらかと思ったら、まるまる一羽持ってきてくれたんで、杉造さん」

手を動かしながら、おりきが言った。

「違いはあるのかい？」

もう一人の隠居の善兵衛が言う。

「鶏に変わりはないんじゃないかねえ。玉子が入ってたらゆで玉子になっちまうだけだが」

元与力の狂歌師が軽く言ったとき、のれんが開いて続けざまに客が入ってきた。

「いらっしゃいまし」

おたねの声が弾む。

於六屋の櫛づくりの職人衆は座敷へ、雛屋佐市と杉田蘭丸は一枚板の席に座る。

「ちょうどいいところへ。これから仏蘭西観音汁の舌だめしがございますので」

おたねが言った。

「ほう、仏蘭西観音汁とは？」

舶来の品も扱う雛屋佐市がすぐさま身を乗り出してきた。

「ポートーフーという仏蘭西のお母さんたちの家庭料理だそうなんですが、お経みたいな名前なのでいっそのこと観音汁にしてしまえということになりまして」

おたねが手短に伝えた。

「まあ、うまけりゃなんでもいいやね」

善兵衛が言った。

「ご隠居の言うとおり」

「それでただなら言うことなし」

於六屋の職人衆が笑う。

「野菜の下ごしらえはできてますから、汁ができたら煮込むだけ」

おたねが唄うように言った。

「初めのあく取りはこんなもんかね。あとはまた煮込みながら」

おりきが網を置いた。

仏蘭西観音汁ことポートーフーに入れる野菜は、人参にじゃがたら芋に甘藷に大根、それに、夏目与一郎が育てた甘藍だった。鶏のだしにはたっぷりの葱に、幸田源兵衛の屋敷からもらってきた赤茄子と阿蘭陀三つ葉も加えた。さまざまな野菜の恵みが鍋に溶けこんでいる。

舌だめしが始まるまで、雛屋と蘭丸から横浜の話を聞いた。

居留地にはさまざまな見世ができ、なかには牛の肉を調理してあきなうところもあるという話だった。

「入って食ってみたのかい？」

善兵衛がたずねた。

「いやいや」

佐市があわてて手を振った。

「異人ばかりの見世にはとても入れませんよ」

「出たものが口に合わなかったと言って残したりしたら、どんな目に遭うか分かりませんからね」

蘭丸も言った。

「いずれ、そんな見世が流行るようになるのかもしれねえな」

「おいらは入りたくねえけどよ」

「鬼みてえな異人にまじって牛の肉を食うなんて、まっぴら御免だ」

櫛づくりの職人衆がさも嫌そうに言った。

ほどなく、仏蘭西観音汁ができあがった。

ただし、おたねもおりきも顔つきはいま一つ自信なさそうだった。

「生臭くはないんですけどねえ」

おりきが首をひねった。

「何かひと味足りないような気もするんです」

おたねも和す。

「まあそのあたりは舌だめしなので」

夏目与一郎が言った。

「そうですね。では、順々にお運びします」

おたねは笑みを浮かべた。

こうして、仏蘭西観音汁の舌だめしが始まった。

三

「じゃがたら芋はいい按配に煮えてるねえ」

夏目与一郎が言った。

「人参はちょいと硬いよ、おっかさん」

持ち帰り場の串をあらかた売り終えた太助も舌だめしに加わる。

「そうだねえ。次からもうちょっと煮るよ」

おりきはすぐさま言った。

「四目先生のせがれもいい加減で」

善兵衛が戯れ言めかして言った。

むろん、海目四目こと夏目与一郎が手塩にかけて育てた甘藍だ。

「甘藍の軸のところはなかなかやっかいなんだが、この仏蘭西甘藍汁には合うね」

「観音汁ですよ、四目先生」

おたねが言った。

「あ、つい間違えちまった」

元与力の狂歌師が髷に手をやったから、夢屋に和気が生まれた。

「お味のほうはいかがでしょう」

おたねが座敷の客にたずねた。

「まずかねえけど……何かひと味足りねえような気がするな」

於六屋のかしらが首をかしげた。

「変わった味でいいんだけどよう」

「身の養いにもなりそうだし」

「何が足りねえんだろうな」

職人衆が首をひねる。

「まだ呑む？」

およしが春吉にたずねた。

「うん」

わらべがうなずいた。

母が観音汁を冷ましてから匙ですくって呑ませてやっているところだ。

「甘藷がほっこり煮えてるから、春吉にやってもいいだろう」

太助が言った。

「あいよ」

およしが食べやすそうな芋を選んで匙にのせた。

皆が見守るなか、わらべが食べ終えたとき、表でもっと大きなわらべの声が響いた。寺子屋が終わったのだ。

「あと二椀、お願いします」

おたねが言った。

「誠之助さんと聡樹さんの分ね」

おりきが笑みを浮かべる。

「何が足りないのか、思いついてくれるといいんだけど」

と、おたね。

「塩気は足りてるよねえ」

佐市が蘭丸の顔を見た。

「これより塩を足すと、塩辛くなるかもしれませんね」

近々、硝子絵も手がけるらしい蘭丸が軽く首をかしげた。

そのとき、のれんが開いた。

佐久間象山からポートーフーを教えられた二人が入ってきた。

四

「……ああ、そうか」

仏蘭西観音汁を半ば平らげたとき、誠之助がふと何かに思い当たったような顔つきになった。

「何が足りないのか分かった？　おまえさま」

おたねがたずねた。

「ああ、分かったよ」

そう答えると、誠之助は弟子のほうを見た。

「おまえは分かるか？」

聡樹に問う。

「象山先生は『黒胡椒と塩を足す』とおっしゃいました」

すぐさま答えが返ってきた。

「あっ、黒胡椒」

おたねが声をあげた。

「そりゃ気づかなかったね」

おりきも言う。

「炒め物で使うから、足してみましょう」

「まだもう一杯分ずつはいけそうだから」

話がすぐ決まった。

黒胡椒は世界の各国で使われている。本邦でも歴史は古く、初めこそ生薬として伝えられたが、平安時代にはすでに調味料として使われていた。

胡椒飯に胡椒茶漬け、胡椒だけを調味料とした簡明な料理も指南書に載っている。夢屋の厨にも黒胡椒は欠かさず置かれていた。

さっそく、黒胡椒を足した二杯目の仏蘭西観音汁がふるまわれた。

「これは……ずいぶん違いますね」

雛屋佐市が驚いたように言った。

「味がぎゅっと締まりました。緑の景色に赤を置いたようなものです」

蘭丸が画家らしい評をする。

「驚いたねえ。これなら売り物になるぜ」

善兵衛の目尻にしわが寄った。

「観音汁の眠りを覚ます黒胡椒ただひと振りで極楽浄土」

海目四目が狂歌で評した。

黒船来航のおりに詠(よ)まれた「泰平の眠りを覚ます上喜撰(じょうきせん)たつた四杯で夜も眠れず」を踏まえた狂歌だ。

「仕上げの胡椒だけでこんなに違うんだ。終いまでていねいな仕事をしなきゃならねえぜ」

於六屋のかしらが言った。

「へい」

「何事も学びですな」

職人衆がうなずく。

おたねも舌だめしをしてみた。

「ほんと……ものすごくおいしくなった」

おたねは目を丸くした。

「さすがは象山先生のお知恵だねえ。おいら、いっぺんだけ会ったことがあるけどよ」

太助が自慢げに言った。

「会ったって、おまえ、夢に先生のお顔が出てうなされるって言ってたじゃないか」

おりきがそう明かしたから、夢屋がどっとわいた。

「何にせよ、今日はともかく、これなら礼次郎さんにも持っていけそうだね」

夏目与一郎が言った。

「舌だめしだけのつもりだったので、もう観音汁は終いで」

おりきが言った。

「なら、明日にでも」

おたねが水を向けた。

「そうだね。早いほうがいいから」

礼次郎の病状を慮(おもんぱか)って、夏目与一郎が言った。

五

何かと忙しい雛屋佐市と杉田蘭丸が席を立ち、於六屋の職人衆と隠居の善兵衛も帰っていった。それと入れ替わりに、たまに顔を出す武家がふらりとのれんをくぐってきた。常連には職人衆が多い夢屋だが、二本差しの客も来る。

平田平助(ひらたへいすけ)という平べったい名前で、名は体を表すと言うべきか、顔もいささか平べったい。おまけに、小堀流(こぼりりゅう)の水練の心得があり、水の上をひらひらと泳ぐのが得意だというのだから、いささか出来過ぎだ。

夏目与一郎も町方のときに水練をやらされ、その心得があったがゆえに高波に呑まれたときに九死に一生を得た。平田平助は小普請組で閑職だから、折にふれて芝の海を見廻っている。いくたびか溺れかけた者を助けたことがあるらしく、夏目と顔を合わせるたびに水練の話に花を咲かせていた。

仏蘭西観音汁の最後の一杯は、その平田平助に渡った。

「これを呑めば、溺れかけた者も息を吹き返すでしょう」

人のいい武家が言った。

「まさに観音汁ですな」

夏目与一郎が笑みを浮かべたとき、もう一人、客が入ってきた。

墨染の衣の僧だ。

明正寺の生恩和尚だった。

「これはこれは、和尚さま」

おたねが笑顔で出迎えた。

「檀家廻りの帰りに寄らせていただきました」

生恩和尚は両手を合わせた。

「よろしければこちらへ」

夏目与一郎が一枚板の席を示した。

「では」

和尚が腰を下ろす。

一枚板の席は、平田平助、夏目与一郎、生恩和尚の並びになった。

空いた座敷の隅では、誠之助と聡樹が洋書の輪読を始めていた。もはや蘭書ではない。英語で記された産物紹介の書だ。

「礼次郎さんに呑んでもらう観音汁の舌だめしをしていたんですが、ちょうどいま売り切れてしまいましてね」

夏目与一郎が言った。

「でも、鶏でだしを取ってるから、和尚さまにはちょっと」

おたねが言った。

「拙僧はお茶で」

和尚が笑みを浮かべた。

「高野豆腐と椎茸の煮物がありますけど。おだしは昆布だけですので」

おりきが言う。

「それならいただきます」

「甘藷の串なら平気ですよね。残りがあと二串なんですが」

太助が水を向けた。

「芋は好物ですので」

それで話が決まった。

串が売り切れたから、およしは持ち帰り場の後片付けを始めた。とことこ歩いてきた春吉に向かって、生恩和尚と平田平助が話しかける。春吉がわらべなりに思案して何か答えるたびに、夢屋に和気が生まれた。

二本の甘藷の串には、甘辛のたれがそれぞれに塗られた。

「いかがでしょう、お味は」

おたねがたずねた。

「どちらのたれも味わいがありますね。山あり谷ありの人生のようです」

温顔の和尚が答えた。

「つらい上り坂があれば、ほっとする下り坂もありますからね」

平田平助がそう言って、鰻の蒲焼きに箸を伸ばした。

「山と谷ならまだしも、高波のときはいきなり海がせり出してきたからね」

夏目与一郎の言葉を境に、しばらく当時の話になった。

高波で多くの犠牲者が出たとき、生恩和尚の明正寺の境内は難を免れてきた者たちで一杯になった。身内を亡くした者も多かった。まるでこの世の地獄のようなありさまだった。

「いまだにあのときの嘆きの声が耳から離れません。そのあとのコロリなども大変な災いでしたが」

和尚の表情が曇った。

「水練ができるもので、海が落ち着いてから探索にひと肌脱ぎましたが、いくたりもむくろを見つけて何とも言えない心持ちになったものです」

平田平助はそう言って、苦そうに酒を呑んだ。

「それはご苦労さまでございました」

生恩和尚が合掌する。

「礼次郎さんも嘆いてましたが、『どうしておのれだけ生き残ってしまったのか』という声がほうぼうで聞かれました」

夏目与一郎が言った。

それを聞いて、おたねはのれんのほうを見た。

風が吹きこみ、のれんが音を立てたのだ。のれんになったおゆめが「ここよ」とささやいたかのようだった。

どうしておのれだけ生き残ってしまったのか……。

それはあのときのおたねの思いでもあった。もう息をしていないおゆめ、まだ残っていたそのぬくみがありありとよみがえってきた。

その思いが通じたのか、誠之助が輪読を中断し、お茶を所望した。

「あ、はい……」

おたねは我に返った。

「『生き残ってしまった』と考えてしまうと、つらいばかりです。なかなかそういうふうに考えることは難しいかもしれませんが、『生き残ってしまった』のではなく、まだこの世でやることがあるので『生き残された』と思うようにすればいかがでしょう」

生恩和尚は言った。

「生き残された、と」

夏目与一郎が復唱する。

「そうです。命が残されたということには、必ずわけがあるのです。たとえ何歳であっても、病で身を動かすことがかなわなくても、身がひどく不自由であっても、命があるということにはわけがある。仏さまがこの世にお残しになっているわけが必ずあるのですよ」

和尚の言葉に力がこもった。

「ああ、それはいいことを聞きました」

平田平助が感に堪えたように言った。

「海に身投げをした者を危ういところで助けたことがあります。次からは、そう言って説教しますよ」

気のいい武家が笑みを浮かべた。

「象山先生もそのようなことを言っておられました」

座敷から誠之助が言った。

「佐久間象山先生でしょうか」

和尚が問う。

「はい。わたしは先生の弟子で、その謦咳に接してきました」

誠之助はそう答えてから続けた。

「かつて同門の弟子が不治の病に罹ったことがあります。もはや身を起こすことがかなわなくなっても、その人物は書物を繙き、学問を続けました。その思いは、必ず何かのかたちで残る、決して無駄にはならぬ、と象山先生はおっしゃいました」

誠之助の言葉に、象山の孫弟子の聡樹がうなずいた。

「良き教えです」

生恩和尚はまた合掌した。

「生まれ変わってきたときに、その病床の学問は、必ずや役に立つことでしょう」

「生まれ変わってきたときに……」

おたねは小声でつぶやいた。

そして、また夢屋ののれんを見た。

おゆめはのれんに生まれ変わって、永遠の看板娘になった。

そう思うようにしたけれども、本当に生まれ変わってきてくれるのなら……。

胸が締めつけられるような思いだった。

おたねは続けざまに瞬きをした。

「礼次郎さんにもそう伝えましょう」

夏目与一郎がしみじみと言った。

「観音汁を届けがてらね」

おりきが言う。

「気に入ってくださるといいけれど」

おたねはやっといつもの表情に戻った。

「椀にこめられた思いは、きっと伝わるでしょう」

生恩和尚が穏やかな声音で言った。

第七章　白帆の船

一

「うん、おいしい」

味見をしたおたねが笑みを浮かべた。

翌日の夢屋の二幕目だ。

仏蘭西観音汁があらかたできあがり、これから礼次郎のもとへ運ぶところだった。

「舌だめし、舌だめし」

座敷から手が挙がった。

明珍をはじめとする伊皿子焼の陶工衆が陣取っている。窯が仕事をしているあいだは待つしかないので、番を残して夢屋で過ごすことが多い。

「はいはい、ただいま」

およしが動いた。

今日は海老の入りが少なく、持ち帰り場の串は早々に売り切れてしまった。こういうこともあるから、うずら玉子の串なども思案しているところだ。

「お待たせしました」

一枚板の席にはおたねが運んだ。

「おお、甘藍がいい感じだね」

夏目与一郎が受け取って言う。

「まずはせがれを見ますな、四目先生」

隠居の善兵衛が笑った。

「今日は人参もやわらかく煮えてますんで」

おりきが笑みを浮かべる。

誠之助と聡樹の寺子屋が終わり次第、夏目与一郎とともに礼次郎のもとへ運ぶ段取りになっている。まずはその前に舌だめしだ。

「うん、人参、やわらかいね」

明珍が満足げに言った。

「甘藷もほっこり煮えてるぜ」

「忘れちゃいけねえ、甘藍も」

弟子たちが言う。

「無理にほめなくたっていいよ」

夏目与一郎がそう言ったから、夢屋に笑いがわいた。

そんな按配で仏蘭西観音汁の舌だめしが一段落したとき、明珍が銀鼠(ぎんねず)の信玄袋を探り、ある物を取り出した。

「まあ、きれい」

おたねは思わず目を瞠った。

「これ、風屋さんに」

柳色の道服をまとった陶工は扇を開くと、夏目与一郎のほうを見て言った。

「渡せばいいのかい？」

「そう。風屋さん、無事だったころ、気をこめてつくった、舞扇ね。高波で、見世も扇も、なくなったから」

いつものように息を入れながら、明珍は言った。

陶工の気持ちは伝わってきた。

かつて風屋でこの舞扇をあがなった。色が鮮やかで、出来がすばらしかったから、同じ物づくりの琴線に触れて買う気になった。

しかし、その風屋のあるじの礼次郎はすっかり病み衰えてしまった。高波で家族を亡くしたばかりでなく、見世も売り物の扇もすべてなくなってしまった。そんな不運な男の手に、かつてつくった扇を戻してやろうというのだ。

「そりゃあ、きっと喜ぶよ、礼次郎さん」

夏目与一郎が言った。

「何よりの計らいだな」

善兵衛も情のこもった声で言った。

「ちょっと拝見してもいいでしょうか」

おたねが明珍に言った。

「どうぞ、持ってってって」

舞扇が手渡された。

かすかに白檀（びゃくだん）の香りがする扇には青い海が描かれていた。下半分に描かれた海に、桜の花びらがいくつも舞いながら散っていく。

その上を、鮮やかな白帆を掲げた船が悠然と進んでいる。たくさんの荷を積んだ菱垣廻（ひがきかい）

船だ。

　右のほうにはお日さまもあしらわれている。なんとも華やかな図柄の扇だ。要所には金箔まで施されていた。

「これだけの物をつくれる職人は、江戸にいくらもいないだろうね」

　夏目与一郎が感に堪えたように言った。

「ほんに、惜しいことで」

　持ち帰り場からのぞきこんだ太助が言う。

　ここで、寺子屋を終えた誠之助と聡樹が戻ってきた。

　ほどなく、礼次郎のもとへ仏蘭西観音汁を運ぶ段取りが整った。

二

「今度は山のものでおつくりしましたので」

　おたねがそう言って、誠之助が運んできた倹飩箱から椀を出した。

「あとでもう一つ、お土産があるから」

　夏目与一郎が手を貸して礼次郎の身を起こした。

「相済みません……どうかもう……」

礼次郎はすまなさそうな面持ちで言った。

「なに、これも縁だからね。この観音汁を胃の腑に入れて、元気になっておくれ」

夏目与一郎が言った。

「見世もあるのに、申し訳ないかぎりで……」

風屋のあるじだった男は、おたねのほうを見て言った。

「お代は四目先生から頂戴していますから」

「さあ、冷めないうちに」

誠之助もうながす。

礼次郎は一つうなずくと、少し迷ってからまず匙を手に取った。

椀を持って呑むのも大儀かもしれないと思い、匙も付けたのだ。

まずは汁だけをすくって呑む。

ほっ、と一つ、礼次郎は息をついた。

「この味は……」

半ば独りごちるように言う。

「佐久間象山先生からうかがった、仏蘭西の家庭料理の味です」

誠之助が告げた。

ことによると嫌がられるかもしれないから、鶏をまるまる使っただしだということはぼかしておいた。

「そんな偉い先生の……」

礼次郎がそこまで言ったとき、猫のさちがひょいとひざに飛び乗った。

「おまえも呑むか？」

匙を近づけると、目の青い白猫はくんくんと匂いをかいだ。ただし、臆病なたちなのか、舌をつけようとはしない。

そのしぐさがあまりにも愛らしいので、やっといくらか気がやわらいだ。

「野菜もほっこりと煮えてるんで」

夏目与一郎が指さした。

「四目先生が育てた甘藍も」

と、おたね。

「それは後回しでいいから」

そんな調子のやり取りがあったあと、礼次郎はまず人参を、続いて甘藷を控えめに食べた。汁も呑む。皆は黙ってそのさまを見守っていた。

おいで、とおたねはさちに手を伸ばした。

猫は少しためらっていたが、ひょいと思い切ったようにおたねの腕に飛びこんできた。

「かわいがってもらうんだよ」

礼次郎がさちに言う。

「いい子ね」

おたねが首筋をなでてやると、さちはごろごろとのどを鳴らしはじめた。

義理堅い礼次郎は、甘藍も胃の腑に入れた。ほど良く煮えたかどうか、夢屋で按配をたしかめてから運んできた。かむと白い軸から甘みが伝わる。礼次郎は満足げな顔つきになった。

仏蘭西観音汁の残りが少なくなった。

「ほら、味見をしてごらん」

礼次郎がさちの前に椀を置いた。

猫はなおしばらく迷っていたが、やがてぺろっと舌を伸ばした。

存外にうまかったらしく、そのままぴちゃぴちゃと舌を動かす。

「かわいいですね」

誠之助が目を細くした。

夏目与一郎が顔をそむけ、続けざまにくしゃみをした。なるほど、これでは猫を引き取るわけにはいかない。

「子を産むかもしれませんが、末永くよしなに」

礼次郎は思いをこめて言った。

「承知しました。寺子屋のわらべに引き取ってもらうという手もありますから」

誠之助が見通しを示すと、礼次郎はほっとした顔つきになった。

三

「うちのお客さんが風屋さんで買った扇です」

観音汁の椀をしまったあと、おたねが機を見て例の扇を取り出した。

「ああ、これは……」

礼次郎は瞬きをした。

もちろん、見憶(みおぼ)えはあるようだった。扇づくりの職人は感慨深げな面持ちで、風屋の売り物だったものを手に取った。

「売り物も流されてしまったから、礼次郎さんに差し上げると言ってくださってね」

夏目与一郎が告げた。

「ありがたいことで」

礼次郎はていねいに礼をしてから、かつてわが手でつくった扇を見た。

「お船の白帆が目にしみるようですね」

おたねが言った。

「娘のおさちが、描いてほしいと言ったので」

礼次郎は喉の奥から絞り出すように言った。

「描くつもりはなかったのかい？」

夏目与一郎が問う。

「初めは、海と桜とお日さまだけでした。その海が……」

礼次郎は言葉を切った。

みな黙りこんだ。高波で何もかもなくしてしまった男の気持ちが痛いほど伝わってきたからだ。

その沈黙を破ったのは、猫のさちだった。

「みゃ……」

細い声でなく。

た。

「あおいでやろう」

礼次郎はそう言うと、前足をそろえて座っている白猫に向かって、扇で風を送りはじめた。

かすかな白檀の香りが漂う。

「気持ちよさそう」

青い目を細めているさちを見ながら、おたねは言った。

「もう一度、娘をあおいでやりたかったです」

扇を動かしながら、礼次郎は続けざまに瞬きをした。

その目尻からすっかりこけてしまったほおのほうへ、つ、とひとすじの涙が伝っていった。

四

頭を右のほうへ向けると、床からかろうじて樹木が見えた。

日に照り映えて輝くつややかな葉を、もはや身を起こすこともかなわなくなった礼次郎はまぼろしのように見た。

そんな礼次郎のもとへ、夢屋の倹飩箱がまた運ばれてきた。三日に一度の割りで、仏蘭西観音汁が運ばれてくる。

おたねと誠之助と夏目与一郎に加えて、玄斎と生恩和尚もいた。前に来たときに礼次郎の声がずいぶんかすれてきたから、心配になって声をかけたのだ。

「さ、どうぞ。いつもの観音汁です」

おたねが椀を近づけた。

いちいち「仏蘭西」をつけるのも面倒ゆえ、このところはただの「観音汁」と呼んでいる。

玄斎も手を貸そうとしたが、身を起こすのは誠之助だけで事足りた。それほどまでに礼次郎の体は痩せ衰えていた。

「ありがたく、存じます」

かすれる声で、礼次郎は礼を述べた。

しかし……。

食は目に見えて細くなっていた。人参はことのほかやわらかく煮えているのに、ほとんど口をつけようとしなかった。

夏目与一郎に義理を立てたのか、甘藍だけは口に入れた。ただし、動かす口の動きはひどくゆっくりとしていた。

「呑め」

さちに向かって、礼次郎は匙を差し出した。

すっかり味に慣れた猫は、ぴちゃぴちゃと音を立てて観音汁を呑んだ。

「仏蘭西にも猫はいるのかしら、おまえさま」

沈んだ気を変えようと思い、おたねは誠之助にたずねた。

「そりゃ、いるさ。猫は人の古くからの友だから」

青い目の白猫を指さして、誠之助は答えた。

「この子が、いてくれて、本当に……」

礼次郎の言葉がそこで途切れた。

思いがたしかに伝わってきた。

「いつかうちに来たら、お客さんにかわいがってもらおうね」

おたねが白猫に声をかけた。

「長生き、するんだよ、わたしの分まで」

礼次郎が言った。

玄斎の診察はもう終わっていた。

いいでしょう……。

いつもの言葉に力はなかった。

父の様子を見て、おたねは察しがついた。いまは「いつか」と言ったが、その日はそう遠くあるまい。

「もういいかい？」

礼次郎はさちに声をかけた。

「……うみゃ」

青い目を開いて、さちが声を発したから、重い気の雲間からほんの少しだけ光が差した。

「ごちそうさまって」

おたねが笑みを浮かべた。

「咳さえ出なけりゃ、わたしが引き取ったんだがね」

夏目与一郎が少し残念そうに言った。

「まあ、でも、夢屋でみなにかわいがってもらうのがいちばんだね」

「この世に残していくのは、不憫（ふびん）だと、思っていましたが……」

いくたびも息を入れながら、風屋のあるじだった男は言った。

「これで、心安んじて、目をつむれます」

礼次郎はそう言って両手を合わせた。

「この世で命が終わっても、それは終わりではありません」

生恩和尚が口を開いた。

礼次郎がゆっくりとうなずく。

「何らかのかたちで、命は必ず続いていきます」

和尚はさらに続けた。

「この世では、たくさんの生き物が互いにつながり合って暮らしています。たとえその一つの命が尽きたとしても、土になったりえさになったりして、ほかの生き物を支えていきます。たとえむくろが焼かれたとしても、風になって、だれかのもとへその命は伝わるのです」

「この子も、何かを伝えましょうか」

さちの首筋をなでながら、礼次郎が問うた。

「もちろんです。人とけものとはいえ、命に変わりはありませんから」

生恩和尚は笑みを浮かべた。

「では、ことによると、さちにもいくらか、わたしが宿るかもしれませんね」

礼次郎も表情をやわらげた。

「料理屋ですから、おいしい魚のあらや、煮干しや鰹節などをお出しできますので」

おたねは無理に笑顔をつくって言った。

「楽しみです」

どこか他人事のように、達観した面持ちで、礼次郎は答えた。

五

その晩、礼次郎は扇を開き、胸に乗せて眠った。

さちは遠慮をして、扇よりいくらか下で寝た。

ほどなく、夢を見た。

船に乗りこむ夢だ。

「船が出るぞ……」

船頭だろうか、いやにくぐもった声が響いた。

どうやら花どきらしい。どこからか風に乗って桜の花びらが流れてくる。

夢の中で、礼次郎は船に乗りこんだ。

立派な帆を備えた船だ。乗りこんでみると、船は存外に大きかった。

「船が出るぞ……」

また声が響き、船がゆっくりと動きはじめた。

礼次郎は岸のほうを見た。

夜だ。

かそけき月あかりがしみじみと照らしている。

その岸に、見送るものの姿が見えた。

人ではなかった。

両の前足をきちんとそろえ、青いうるんだ目で、さちがじっと見ている。

「さち……」

礼次郎は声をかけた。

「達者でな」

別れなければならない猫に向かって、あらんかぎりの思いをこめて語りかける。

「夢屋でかわいがってもらうんだぞ」

しっぽに縞のある白猫に、礼次郎は告げた。

「達者でな……」

礼次郎は重ねて言った。

前足をそろえ、飼い主の旅立ちを見送る猫の姿が見えなくなった。

白い影が点ほどの大きさになり、闇の中に消えていった。

船は沖へ出た。

帆を張る。

月あかりを受けた白い帆が風を孕(はら)んだ。

かすかに白檀の香りのする風が夜の海を吹きわたっている。

この船は、いったいどこへ行くのだろう？

礼次郎はふとそう思った。

しかし、その答えは、すでに知っているような気がした。

やがて、闇の底が白くなり、海上に最初の光が放たれた。

まるで扇が開くように、この世は恩寵の光に染められていった。

不思議なことに、桜の花びらがここまで風に乗って流れてきた。青い波間に金箔も浮かんでいる。

「おまえさん……」

どこかで声がした。

「おとっつぁん……」

空耳ではなかった。

なつかしい家族の声だ。

白い帆船は島に近づいた。

岸が見える。

そこに、切り絵のような影が見えた。

おさとがいる、礼吉がいる。

そして、おさちがいる。

女房も、せがれも、娘もいる。

高波で死んだ家族は、みんなそこで待っていてくれた。

「おーい……」

礼次郎は手を振った。

「おまえさん……」

「おとっつぁん……」

声が返ってきた。

みんな、いる。岸で待っている。

「そろそろ着くぞ」

ついに顔が見えなかった船頭が告げた。
礼次郎は船の甲板に立った。
いつのまにか、その手にある物が握られていた。
あの扇だ。
あおぐと、かさり、と乾いた音がした。
船はさらに岸に近づいた。
「おさち」
礼次郎はまず娘の名を呼んだ。
「おとっつぁん」
声が返る。
ほどなく、顔が見えた。
なつかしい娘の顔が見えた。
ついになきがらを見つけることができなかった娘に、やっと巡り会うことができた。
おさちは泣いていなかった。
笑っていた。
父のほうを見て、笑っていた。

第八章　竹筒素麺と雲母飯（きららめし）

一

礼次郎が亡くなったのは、最後の観音汁を運んだ翌日のことだった。

なきがらを見つけたのは、夏目与一郎だった。

親交が深かった元与力は、ただちに明正寺の生恩和尚に告げた。

葬儀には、夢屋のおたねと誠之助も参列した。家族をみな高波で亡くしているから、参列者の少ない寂しい葬儀だった。

わずかに、風屋で修業をした留吉（とめきち）という弟子が顔を見せた。麹町（こうじまち）に京屋（きょうや）という扇屋ののれんを出しているという男は、師匠の死を嘆き悲しんだ。

「師匠は一から扇づくりを教えてくださいました。いま扇師として暮らしていられるのは、師匠のおかげです」

　真っ赤に泣きはらした目で、留吉は言った。

「その技を、大事に伝えていかないとね」

　夏目与一郎が言った。

「はい。師匠から受け継いだ技を、しっかりと後の世へ伝えてまいります」

　京屋のあるじはきっぱりと言った。

　明珍が礼次郎にと渡した扇は、棺に入れられた。

「この扇を胸に乗せたまま亡くなっていてね」

　夏目与一郎はしみじみと言った。

「でも、安らかなお顔で……」

　おたねはそう言って目尻に指をやった。

「そうだね。笑みまで浮かんでいるように見えた」

　葬儀のあと、明正寺の一室で茶を呑みながら誠之助が言った。

「やっと家族のもとへ帰れるんだ。以て瞑すべし、だろう」

　夏目与一郎がうなずいた。

「帰るといえば、さちちゃんを連れて帰らないと」

おたねが言った。

「そうだな。どうやって運ぼうか」

誠之助が腕組みをした。

「倹飩箱に入れたらどうだい。蓋があるから逃げないだろう」

元与力の隠居が知恵を出した。

「ああ、そうですね」

と、おたね。

「なら、さっそく取ってこよう」

誠之助が腰を上げた。

「さちちゃんというのは、師匠が飼っていた猫のことでしょうか」

弟子の留吉がたずねた。

「そうです。礼次郎さんが、あとはよしなに、と」

おたねはぼかしたかたちで答えた。

「わたしは猫と長くいると咳やくしゃみが出てしまうものでね。見世でちょっとさわるくらいなら平気だろうが」

夏目与一郎が言った。

「四目先生の足が遠のいたら大変ですから」

おたねは笑みを浮かべた。

「師匠が亡くなったのが分かるのかどうか、目を見開いて悲しそうにしていました」

葬儀の様子を思い返して、留吉が言った。

礼次郎の棺の後を追おうとしたから、哀れに思って猫も寺へ連れてきたのだ。

「ほんとに、そうでしたね」

おたねはしんみりとうなずいた。

ほら、最後のお別れよ……。

おたねはさちをだっこして、礼次郎の棺に近づけた。

なに？　いったいどうしたの？

猫はそんな様子で、青い目をいっぱいに見開いていた。

そして、ひどく悲しげな声で、

「みゃあーん……」

と、ないた。

やさしかった飼い主との別れを惜しむような声だった。

礼次郎のなきがらに接しても、不思議と涙は流れなかった。その死に顔があまりにも穏やかだったからだ。長い旅路の果てに、ようやく重い荷を下ろせたという安堵感すら浮かんでいたから、涙がこぼれることはなかった。

しかし……。

さちのその声を聞いたとたん、堰を切ったかのように涙があふれてきた。猫を抱いたまま、おたねは涙を流しつづけた。

「ところで……」

留吉は座り直して続けた。

「さちは雌でしょうか、雄でしょうか」

「雌です」

「それなら、いずれ子を産みますね」

京屋のあるじの表情がいくらかゆるんだ。

「ええ。猫は子をたくさん産みますから」

「では、その節は、一匹か二匹ゆずっていただくわけにはまいりませんでしょうか。家内も娘も猫好きなものですから」

留吉はそう申し出た。

「それは喜んで。伊皿子坂の途中にのれんを出していますので、お近くに見えたときにお立ち寄りくださいまし」

おたねは笑みを浮かべて言った。

「では、師匠のお墓参りの帰りなどに寄らせていただきます」

京屋のあるじが言った。

かくして、段取りが一つ決まった。

二

倹飩箱の中で、さちはなきどおしだった。

「はいはい、おうちへ行くからね。怖くないから」

おたねはしきりに声をかけたが、なきやむ気配はなかった。

「仕方ないさ。猫の身になってみたら心細いだろう」

倹飩箱を運びながら、誠之助が言う。

「たしかに、駕籠とは違うから」

おたねがそう言ったとき、巡り合わせか、坂の上手(かみて)から江戸兄弟の空駕籠が下りてきた。

「お、猫が入ってるんですかい？」

「もらい猫で？」

気のいい駕籠屋が問う。

おたねと誠之助は手短にいきさつを告げた。

「そうですかい。形見みてえなもんですな」

「死んだおっかさんが猫好きだったんで、おれら、わらべのころから猫の世話をしてたんで」

「分かんねえことがあったら、何でも訊いてくだせえ」

江助と戸助はそう言ってくれた。

「助かります。なにぶん初めて飼うもので」

おたねは言った。

「ま、猫ってのは存外賢いんで」

「おめえよりよっぽど賢いぜ。厠も覚えるしよ」

「おいらが覚えねえみてえじゃねえか」

そんな調子で掛け合う。

「料理屋なら、食い物もたんとあるからね」

「ただ、食わしちゃいけねえものもありまさ」

「そうそう、具合が悪くなっちまうんで」

江戸兄弟はさらに言った。

「たとえば？」

誠之助が問う。

「葱はご法度で」

「韮や大蒜なんかも」

「臭いのきついものは駄目なんだな」

と、誠之助。

「なら、四目先生の甘藍などはどうかしら」

おたねがたずねた。

「それもよしといたほうがよござんしょう」

「煮干しとかやっとくのがいちばんで」

「魚のあらとか、鰹節とか好物でさ」

先棒の江助が言う。

「そりゃ、猫に鰹節って言うからよ」

後棒の戸助が笑って言った。

三

初めのうちはおびえていたさちだが、だんだんに夢屋に慣れていった。

裏手に厠を据え、水呑み皿を置き、決まったときにえさをやった。客に出したものを盗み食いしたりすまいかと案じていたのだが、そんなに食い意地の張っているほうではなく、物欲しげに見ている猫を哀れに思って、逆に客が魚のあら煮などを分け与えたりするようになった。

「猫ってのは、居心地のいいところをすぐ見つけるな」

持ち帰り場から太助が言った。

「ほんと、長床几の端っこはお日さまが当たるから」

およしが指さして笑った。

かき入れ時には客が陣取って串揚げをうまそうにほおばる。しかし、潮が干（ひ）くと空くから、ちょうどいい猫のお休み処（どころ）になった。

伊皿子坂からもよく見える。

「お、猫が気持ちよさそうに寝てら」

「きれいな白猫じゃねえか」

「ちょいと寄ってくか？」

「そうだな。ちょいと小腹が空いてたとこで」

そんな按配で、労せずして客引きの役もつとめてくれた。

「案外、福猫かもしれないよ」

ある昼下がり、おりきが笑って言った。

「そうね。何か飾り物でもつけてあげようかしら」

「鈴もいいんじゃないかな」

太助が水を向けた。

「なら、古いのれんでつくってみましょう」

おたねは乗り気で言った。

明るい萌黄色ののれんを切り、より合わせて輪っかをつくって小ぶりの鈴をつけると、青い目の白猫にはぴたりと似合った。

初めのうちは迷惑そうにしていたが、慣れると鈴の音が響くのが楽しいらしく、座敷に上ったり下りたりして遊ぶようになった。

そのしぐさがおのずと和気を呼ぶ。さちはたちまち人気者になった。

「おっ、さち、ちょっと来い」

「刺身をやるからよ」

「いっちょまえに、ごろごろ言ってやがるぜ」

そんな按配で、新入りの猫は客たちにかわいがられるようになった。

「すっかり看板娘になったね。ほら、たんとお食べ」

夕方、えさをやりながら、おたねは言った。

「こいつが来てから、客の入りも良くなったような気がする」

誠之助がはぐはぐとえさを食べている猫を指さす。

「そうね。……はい、お水も呑んでね」

おたねはさちに水呑み皿を出した。

ちりん、と小さな鈴を鳴らして、猫は水を呑みにきた。

ぴちゃぴちゃ、と舌を使って一生懸命水を呑む。

そのさまを、おたねは目を細くして見ていた。

四

夢屋の中食は、毎日すぐ売り切れた。

うっとうしい梅雨の季節が去り、夏の光がしだいに濃くなってきた。

この時分になると、暑気払いになる料理が好まれる。ちょうどつてがあって下り素麺がたくさん入ったから、折にふれて竹筒素麺膳を出した。太い竹筒を切った器に素麺を盛れば、なかなかに品があっていい。

冷たい井戸水で存分に冷やし、生姜と茗荷と葱を薬味にする。これに茄子や海老などの天麩羅を添えた膳は評判を呼び、いつも早々に売り切れた。

「おう、今日はありつけたぜ」

「竹筒から素麺をすくって食ったら、おいらも竹になったような気になるな」

「存外に食いでがあるからよ」

「うどんとつゆの味をちょいと変えてるとこがまた粋じゃねえか」

そろいの半纏の職人衆はそう言って、競うように音を立てて素麺を啜った。

雲母飯も夢屋の当たり料理になった。

飯の中に、雲母のごとくにちりばめられているものがある。と言っても、値の張るものではない。

まず、沢庵（たくあん）をみじん切りにする。浅漬けのほうがこの飯には合う。

次に、青紫蘇（あおじそ）だ。塩もみをしてせん切りにする。

しんがりをつとめるのは、とろろ昆布だ。乾煎（からい）りをしてからもみほぐして飯にまぜれば、沢庵と青紫蘇と響き合ってえも言われぬうまさになる。

これに天麩羅と小鉢と汁をつければ、見た目も華やかな雲母飯膳の出来上がりだ。

「さっぱりしててうめえな」

「沢庵がこりっとしててよ」

「とろろ昆布と青紫蘇がまたいい味出してるぜ」

これまた上々の評判で、なかなかまかないにも回せないほどだった。

夏の日が西に傾きはじめる頃合いになると、棒手振り（ぼてふり）が夕鯵（ゆうあじ）を売りに来る。

「えー、江戸前の鯵、中ふくらーっ……」

よく通る売り声が響くから、持ち帰り場の掃除を終えた太助が待ち構えていたように買いに出る。

「おう、今日も中ふくらだね」

太助が鯵を指さして言った。

身の中程がぷっくりとうまそうにふくれているからその名がついた。

「へい。煮て良し、焼いて良し、刺身で良しでさ」

いなせな魚屋が笑う。

こうして夢屋に入った夕鯵は、さっそくおりきがさばき、一枚板の席の客にふるまわれた。

「おっつけ天麩羅も出ますんで」

女料理人が笑みを浮かべた。

「まずは刺身だね」

夏目与一郎がさっそく箸を伸ばした。

「鯵とは味なり、と言いますからね」

平たい顔の平田平助も続く。

「まま、一杯」

隠居の善兵衛が暇な武家に酒を注いだ。

そのとき、また客が一人のれんをくぐってきた。

「まあ、和尚さま、いらっしゃいまし」

おたねが笑顔で出迎えた。

夢屋にやってきたのは、明正寺の生恩和尚だった。

「檀家廻りの帰りでしてね。汗をかいたので、冷たい麦湯をいただければと」

和尚はそう言って、額に手をやった。

「今日はずいぶん暑かったですからね。ただいまお持ちします。お座敷へどうぞ」

おたねは身ぶりを添えて言った。

「貸し切りですね」

生恩和尚が履き物を脱ぐ。

「先客が一匹おりますが」

夏目与一郎が指さした。

「客じゃねえでしょう、四目先生」

と、善兵衛。

「夢屋の看板娘ですからな」

平田平助が笑みを浮かべた。

「もうそろそろ一か月になりますすね」

和尚が言った。

「早いものですねえ」

夏目与一郎が感慨深げに言った。

麦湯が来た。

生恩和尚が冷たいものを所望したのは半ば方便で、今後の礼次郎の月命日の法要はどうするかという相談だった。身寄りのない礼次郎の遺骨と仏壇は、夏目与一郎のもとにある。初七日には出向いて法要を行ったが、その後の相談はしていなかった。

「毎月、和尚さまに来ていただくにはおよびますまい。簡単なお経なら、わたしでもあげられますので、次は百か日、あとは一周忌にお願いできればと」

夏目与一郎はすらすらと言った。

「そうしていただければ助かります」

和尚は両手を合わせてから麦湯に手を伸ばした。

初めからそういう見通しだが、筋を通しておきたいという和尚の気持ちはよく分かった。

「月命日の法要が四目先生だけっていうのも、ちと寂しい話だがね」

善兵衛が言う。

「なら、さちでもつれていくかね」

海目四目が戯れ言を飛ばした。

「おまえはお出かけはしないのかい」

和尚が猫に声をかけた。

さちは目をさまし、ふわあっとあくびをした。

「夜にお出かけしてるみたいですけど」

おたねが言った。

「そうか。なら、秋には子を産むかもしれないね。よしよし」

生恩和尚が首筋をなでてやると、さちは気持ちよさそうにのどを鳴らした。

「もし京屋さんが見えたら、法要の件でお声をかけておきましょうか」

おたねが夏目与一郎にたずねた。

「そうだね。麹町で遠いから、月命日はともかく、百か日には来ていただかないと」

すぐさま答えが返ってきた。

「では、そういう段取りにいたしましょう」

和尚はまた軽く両手を合わせた。

ここで鯵の天麩羅が揚がった。和尚には素麺だ。どうやら好物らしい。精進の客に備えて、昆布だけのだしも用意してあるから、すぐ出すことができた。

「まさに、江戸の夏ですな」

天麩羅をばりっと食すなり、平田平助が相好を崩した。

「暑くなってきましたから、そのうち一緒に水練をやりましょう」

夏目与一郎が水を向ける。

「望むところです」

気のいい武家が答えた。

「この夏は、どれほどこれが胃の腑に入りますかな」

和尚がそう言って、いい音を立てて素麺を啜った。

さちが少し驚いたように青い目を瞠った。

五

京屋のあるじの留吉が夢屋にやってきたのは、師匠の月命日が近づいた暑い日のことだった。

寺子屋は早く終わる日で、誠之助と聡樹がまかないを食べていた。

小上がりの座敷では、雛屋佐市と杉田蘭丸がひざ詰めで相談をしていた。横浜の異人相手のあきないで二の矢三の矢を放つにはどうすればいいかという相談で、まかないを食べ終えたら誠之助たちの知恵も借りたいということだった。

「やっと食べられたな、雲母飯」

誠之助が笑みを浮かべた。

「今日はおまえさまにもと思って、多めに炊いたんですから」

おたねも笑う。

「三つの具がいい按配で」

箸を動かしながら、聡樹が言った。

そのとき、明るい萌黄色ののれんが開き、濃紺の絣（かすり）の着物をまとった男が供をつれて入ってきた。

京屋の留吉だった。

「あっ、京屋さん」

おたねが声をあげた。

「ご無沙汰をしております。なかなかこちらへ参れませんで、相済まないことでございます」

礼次郎の弟子は腰を低くして言った。

「手前は京屋の番頭の巳三郎（みさぶろう）でございます。どうかよしなに」

供の番頭も深々と腰を折った。

「これは、あきない物で相済みませんが、お納めくださいまし」

留吉は袱紗を開き、土産の品を取り出した。

舞扇だ。

「まあ、どうかお気遣いなく」

「いえいえ、大した物ではありませんので、簞笥の肥やしにでもしておいていただければ」

京屋のあるじはへりくだって言ったが、なかなかに立派な扇だった。

錦秋の富士が描かれている。色とりどりの紅葉が風に舞い、早くも雪を戴く冨士のほうへ流れている。金箔も巧みに用いた、匠の技を感じさせる扇だった。

「まあ、きれい」

おたねが目を瞠った。

「おたねさんなら似合うけど、わたしが持ったら大笑いだね」

おりきが言った。

「おっかさんが持ったら、悪い物を食ったかと思うぜ」

「言ったな、太助」

そんな調子の掛け合いがあったあと、京屋の主従は座敷に上がった。

雛屋佐市が扇を見るなり、ぜひこちらにと招いたのだ。

蘭丸を紹介するなど、あいさつが続き、酒とお通しがまず運ばれた。

蛸(たこ)と胡瓜(きゅうり)の竹刺しだ。

濃口醬油を入れた湯でほどよくゆでて味をつけた蛸と、塩で下味をつけた胡瓜をそれぞれ食べやすい大きさに切り、互い違いに竹串に刺す。見た目に加えて、食べ味、かみ味の違いも楽しめる小粋な肴だ。

さちはすっかり人慣れをして、座敷の隅の座布団に陣取ってくつろいでいる。客に料理をねだったりはせず、爪を立てたりすることもない。手のかからない賢い猫だ。

「で、横浜に出見世を出したんですが、蘭丸さんの絵が異人さんに大の人気でしてね。ことに、富士のお山の絵が」

佐市は笑みを浮かべて言った。

「なるほど、富士のお山の絵が」

京屋の留吉がうなずく。

「だったら、扇に描いてみたらどうだろう」

一枚板の席から、誠之助が言った。

「わたしもそう考えていました」

聡樹も和す。

「みな考えることは同じですね。これまでは、もっぱら紙に描いていただいていたのですが、団扇(うちわ)もありました。扇子を開くと、蘭画の技法を採り入れたあでやかな富士の姿が現れたら、異人さんはきっと喜ばれるかと」

あきない上手の佐市が言った。

「なるほど、蘭画を和の扇子に」

「面白いかもしれませんね、旦那さま」

番頭の巳三郎が乗り気で言った。

「異人さんにも故郷があるわけだから、ご家族への土産物に喜ばれるかもしれない」

「扇子なら、団扇よりかさばりませんから、お土産にいいでしょう」

京屋の主従はあきないっ気を隠そうとしなかった。

「初めからできている扇に絵を描くのでしょうか」

蘭丸がたずねた。

「いえ、紙に描いていただいたものを、折りたたんでいくのです」

留吉は身ぶりをまじえて答えた。

「では、試しにいくつか図柄を思案してつくっていただきましょうか」

雛屋が言う。

「ええ、承知しました。やらせていただきます」

京屋が一礼した。

「蘭丸さんの扇ばかりでなく、異人さんに受けそうな品がありましたら手前どもに卸していただければ、横浜の出見世であきなわせていただきますので」

佐市は如才なく言った。

「異人さん向けと言いますと、富士のお山のほかには……」

留吉は首をひねった。

「芸者さんなどの美人画は人気がありますね」

「ああ、なるほど」

京屋のあるじがひざを打った。

「それなら、あきなっておりますので」

番頭もしたたるような笑みを浮かべる。

「大仏様や御城なども好まれる方がおられます」

佐市がさらに言った。

「描けと言われれば、何でも描きますから」

総髪の画家が笑みを浮かべた。

話はここで一段落し、さきほどからいい匂いを漂わせていた鰻の蒲焼きが運ばれてきた。

太助が焼く蒲焼きは、串揚げと並ぶ持ち帰り場の顔になっている。

「うにゃぎ、うにゃぎ」

春吉のかわいい呼び声も、夢屋ではすっかりおなじみになった。

「脂がのっていて、おいしいですね、旦那さま」

番頭の巳三郎が笑顔で言った。

「まさに口福だね。……おや、おまえも脂がのってきたね」

留吉は物欲しげにすり寄ってきたさちを見た。

「ちょっと肥えてきたみたいです」

おたねが言う。

「それだけじゃないですね。あとひと月あまりでお産をするでしょう」

京屋のあるじが猫をなでながら言った。

「まあ、そうですか。ちっとも気づきませんでした」

と、おたね。

「手前はわらべのころから猫とともに暮らしてきましたもので。子が何匹生まれるか分かりませんが、福のおすそ分けを頂戴できればと」

留吉の目尻にいくつもしわが浮かんだ。

「それはもう、喜んで」

おたねはえくぼで答えた。

第九章　金銀ちらし

一

「まあ、大きくなったわね」

おたねがわらべの頭をなでて言った。

「すっかりお兄ちゃんの顔になって」

笑みを浮かべて言ったのは、おやすだった。

連れ子の文造（ぶんぞう）は、早いものでもう六つになった。数えでは八つだから背丈も見違えるほどだ。

「漁の手伝いもしたよ」

文造は大人びた口調で言った。

「そう、偉いわねえ」

「そのうち、子守りもしてくれるようになったら助かるんだけど」

おやすは背に赤子を負うていた。

連れ子の文造のほかに、再び嫁いだ浜の漁師の海太郎《うみたろう》とのあいだに、今年は二人目の子が生まれた。上が女で、下が男の子だ。

「浜ちらしができましたよ」

浜のほうから声が響いた。

太助の声だ。

「いい按配に仕上がったよ」

おりきも言った。

平生は浜のほうから天秤棒で運んでもらっているが、たまには海の気を吸いがてら仕入れに来る。

今日は夢屋から三人で来た。あまり油を売っていると中食の支度に間に合わないが、まだ大丈夫だ。

「なら、食べに行きましょう、文ちゃん」

おたねはわらべに言った。

「うん」

文造は元気よくうなずいた。

二

今日も豊漁だった。

大きく構えて張った網の出口に船を置き、竹竿(たけざお)で水面をたたいて魚をおどす。こうすれば、まさに一網打尽という趣でたくさんの魚が獲れる。

「ちょいと酢が浅いかもしれないけどね」

しゃもじを動かしながら、おりきが言った。

「その分、魚がうめえから」

網元の富次(とみじ)が言った。

「そうそう、この時分の小鰭(こはだ)はうめえからよ」

「たいてい当座鮨(とうざずし)なんだがな」

「あんまり獲れたんで、しっかり漬けといたのを浜ちらしにしたってわけだ」

「塩ゆでの海老や蛸も入(へえ)ってるから」

「うめえのなんのって」

海の男たちが箸を動かしながら言った。

網元に次ぐ漁師頭の浜太郎には五人の息子がいる。長男がおやすと夫婦になった海太郎で、海次郎、海三郎、海四郎、海五郎と続く。長男の海太郎に続き、海次郎と海三郎も嫁を取り、子までできたからにぎやかだ。

「わあ、おいしい」

浜ちらしを食べるなり、おたねが言った。

「こりゃあ、夢屋でも出さないと」

太助も白い歯を見せた。

「なら、今日仕入れた小鰭を漬けてから。当座鮨だとばたばたするからね」

おりきが言った。

具に圧しをかけて酢飯と合わせた小鰭の当座鮨は、それだけをあきなう者までいる。いくつも箱を重ね、売り声をあげながら歩く行商人の姿は、江戸の夏にはおなじみだ。

「それにしても、達者なものねえ」

おたねは海のほうを指さした。

夏目与一郎と平田平助、二人が水練をしている。若い頃は大川でずいぶん水練をやったという元与力と、小堀流の心得がある武家、いずれ劣らぬ泳ぎっぷりだ。

ややあって、浜ちらしに加えて漁師汁もできた。

その日、網に掛かった海老や魚のぶつ切りなどを豪快に鍋に入れ、あくをすくってから味噌を溶いただけの汁だが、潮風に吹かれ、海をながめながら呑むと、えも言われぬ野趣があってうまい。

「夏目様、漁師汁ができましたよ」

浜太郎が海に向かって告げた。

おう、とばかりに手が挙がる。

ほどなく、二人の泳ぎ手は浜に上がってきた。

どちらも褌一丁だ。浜に着物と手ぬぐいを何本か置いてある。

「おう、いい水練だったね」

夏目与一郎が言った。

「波のくぐり方がさすがで」

腹を拭きながら、平田平助が笑みを浮かべた。

名は体を表すでそこも平たく盛り上がっているが、浮き袋の代わりになるのかどうか、べつに腹が出ていても泳ぎには差し障りはないらしい。

「なに、前から波が来たらくぐって待てばいいだけだから」

「その『だけ』を軽くやってのけるのが年季で」

平田平助は年長の泳ぎ手を立てた。

「浜ちらしと漁師汁がお待ちかねですよ」

おたねが言った。

「腹が減ったから、さっそくいただきましょう」

暇な武家が手を伸ばした。

「泳ぎは存外に汗をかくからね」

夏目与一郎も続く。

「今日の海はどうでしたい？　いくらか流れがあったでしょう」

海太郎がたずねた。

「品川のほうへ流れてたね」

元与力が指さす。

「そういうときはどうするんです？」

おたねが問うた。

「追い潮のときはなるたけ大きく、身の幅を板みたいに使って流れに乗っていく。向かい潮のときは、逆に小さく、素早くかいて流れを切っていくんだ」

夏目与一郎が身ぶりをまじえて言ったとき、おりきが漁師汁の椀を渡した。

「はい、お待ち、具だくさんの漁師汁で」

「おう、こりゃうまそうだ」

「平田様にも」

太助がもう一つ椀を渡した。

「浜ちらしもありますんで」

網元の富次が飯台を示した。

「若え(わけ)のが多いから、できた端からなくなっちまいますぜ」

浜太郎の日に焼けた顔に笑みが浮かんだ。

「なら、早く食べないと」

「ああ、この汁は五臓六腑にしみわたるな」

平田平助が感に堪えたように言った。

「魚臭くねえですかい？」

海太郎がたずねた。

「いや、このちょいと魚臭いところがいいんだ」

気のいい武家は、そう言って笑った。

その後は、祝いの宴(うたげ)の話になった。海三郎に初めての子ができたから、その祝いを夢屋でどうかという話だ。

もちろん、ありがたい話だった。おたねは二つ返事で請け合った。

日取りが決まり、浜ちらしにする小鯖もふんだんに仕入れた。

「では、お待ちしておりますので」

おたねは明るく言って頭を下げた。

三

小鯖に酢がいい按配にしみた翌々日、夢屋は中食に満を持してちらし寿司を出した。

ただし、浜ちらしではなかった。さらに工夫を凝らした金銀ちらしだ。

銀はむろん小鯖だ。金は錦糸玉子で見立てた。このあたりは、白金村の杉造のところから産みたての玉子が入る強みだ。

金銀に加えて、紅生姜と葱ともみ海苔などを薬味で添えた。赤と青みと黒が金銀を引き立て、なおのこと華やかになった。

　これに、青菜のお浸しと豆腐汁がつく。彩りが豊かで心が弾むとともに、身の養いにもなる膳だ。

「こりゃあ、食ったら銭が貯まりそうだぜ」

「おめえはざるだからよう、貯まるもんだって貯まらねえぜ」

「けっ。それにしてもうめえな」

「海の恵みに玉子が入ってるんだ。まずいはずがねえや」

「刻んだ油揚げもいい脇役だな」

　そんな按配で、なじみの大工衆の評判は上々だった。

　華のある金銀ちらしは、祝いの宴にも合う。海三郎に子ができた祝いの座敷にも、大きな桶で運ばれた。

　小上がりの座敷ばかりではない。一枚板の席も、持ち帰り場の前の長床几も、さらに土間まで海の男たちでいっぱいになった。

「はいよっ、串揚げ、大皿で出るよっ」

　ねじり鉢巻きの太助が言った。

「こっちは素麵を盥（たらい）で出すからね」

　おりきが負けじと言う。

「いつもの竹筒じゃねえのかよ」

「あれが風流でいいのによう」

「それだと置くところに困るもので」

おたねが笑みを浮かべた。

「このあと、天麩羅も出ますから」

厨で手を動かしながら、おりきが言った。

ここで夏目与一郎と善兵衛がのれんをくぐってきた。

「そうか。今日は貸し切りだったな」

元与力の狂歌師が頭に手をやった。

「こりゃ厨に入るしかねえや」

善兵衛が苦笑いを浮かべる。

「どうぞどうぞ、天麩羅の衣をつくったり、種をつけたり、いろいろつとめはありますんで」

おりきが冗談交じりに言った。

「そりゃ遠慮しとくぜ。ならおとなしく帰るか」

善兵衛はあっさりと言った。

「四目先生はどうされます？」

おたねが問うた。

「せっかく来たんですから、一首どうですかい」

網元が座敷から水を向けた。

「そうそう、海にちなんで一つ」

「よっ、待ってました」

だいぶ酒が入っている海の男たちが手を拍つ。

「海にちなんで一首かい」

まんざらでもなさそうな顔で、海目四目が言った。

「そうそう、今日も海の宝を持って夢屋へ来たんで」

「けさも大漁で宝を獲り放題だったな」

「ありがてえこった」

座敷はにぎやかだ。

「海の宝か……」

そう独りごちると、元与力の狂歌師はこう詠んだ。

荒れしのちは恨みあつめる海なれど人の暮らしの宝なりけり

「いや、ついまじめに詠んじまったな。こりゃあ狂歌じゃないや」

海目四目は首を横に振った。

「いい歌じゃないですかい」

漁師頭の浜太郎が言った。

「高波で悪さをして人をさんざん泣かした海だが、落ち着いてみりゃあ宝の蔵みてえなもんだ」

「そうそう。高波で荒れたのが嘘みてえに光っててよう」

長男の海太郎がしみじみと言った。

「おいらも高波でつれを亡くしたから、何とも言えなかったな」

今日の主役の海三郎も言った。

「いや、いい歌を詠むのは本意じゃないんで、やり直し」

元与力の狂歌師はそう言うと、のどの具合を調えてからこう詠み直した。


海は宝されどむやみにつかめども手に残るのは泡ばかりなり

夢屋が思わずしんとした。

どこがおかしいのかにわかに面白さが伝わらない、いかにも海目四目らしい狂歌だった。

「……ぷっ」

おたねが真っ先に吹きだした。

歌ではなく、いっせいに黙ってしまった見世の気がおかしかったからだ。

「四目先生らしい歌ですな」

善兵衛が年の功でうまく風を送った。

四

暑さがやわらぎ、夕方からの風が涼しくなってきた時分に、猫のさちがお産をした。

京屋の留吉が見抜いたとおりだった。おなかが目立ってきたかと思うと、ある夕まぐれ、さちは続けざまに子を産んだ。

「しっかり」

おゆめを産んだときのことを思いだしながら、おたねはさちを励ました。

「お、まだ生まれるぞ」

誠之助も見守る。

さちは結局、五匹の子を産んだ。

「えらかったね」

大きなつとめを終え、母猫になったさちの頭を、おたねは優しくなでてやった。

「柄がいろいろなんだね。白もいれば、雉(きじ)もいる」

うしろから見守っていた太助が指さした。

「ほんと。いっぺんにたくさん産むのね」

春吉をだっこして見せていたおよしが言った。

「京屋さんにお伝えしないと」

おたねが言った。

「なら、明日、麹町までひとっ走り行ってきますよ」

太助がぽんと太ももをたたいた。

「しかし、五匹だとだいぶ残りそうだな。わらべも手を挙げなかったし」

誠之助が言った。

「浜のほうでもらってくれそうだったけれど」

と、おたね。

「ああ、それならいいな。こいつにも残してやらないとふびんだからな」

誠之助はまだ目の開かない子猫をしきりになめているさちを指さした。


翌々日の二幕目、京屋の留吉は番頭の巳三郎とともにやってきた。

「どうぞ、気に入った子をお持ち帰りくださいまし」

おたねは子猫たちを手で示した。

ちょうどさちの乳を呑んでいるところだった。母猫はいくらか疲れた様子で、ときおり目を細くして横になっている。

「さようですか。では、一匹ずつあらためさせていただきます」

留吉はそう言うと、乳を呑み終えた子猫から順にあらためていった。

表では駕籠屋が待っていた。江戸兄弟とも顔なじみだという駕籠屋は持ち帰り場の鰻丼をうまそうに食しながら待っていた。

初めは蒲焼きだけだったのだが、飯も一緒に食いたいという声に応えて、丼物に仕立てることにした。これがなかなかの評判で、よそでも流行りそうな勢いだ。

京屋は籐の小さな籠(かご)を持参していた。そこへ子猫を入れて帰るつもりらしい。段取りよく、水呑み皿も用意してあった。

「うーん、目移りがいたしますね」

一匹ずつ取り上げて、ためつすがめつする。

「雄か雌か、どちらがようございましょう」

番頭が訊く。

「雌だとまたどんどん増えるからね。雄がいいだろう。……この子は元気がいいね」

白黒の縞のある子猫を高くかざして、留吉が言った。

まだなけない猫が小さな口だけ開ける。

一匹だけ、気がかりな子猫がいた。模様がはっきりしないが雉猫のようだ。乳もあまり呑まず、動きも鈍い。ほかの子猫に比べると明らかに元気がなかった。

「この子は……」

京屋のあるじの眉間に、軽くしわが寄った。

「いかがでしょう。この子は育つかどうか案じているんですが」

おたねが案じ顔で問うた。

「うーん……育つといいですね」

留吉は無理に笑みを浮かべて、そっと子猫を地に戻した。

母猫が近寄り、「だいじょうぶ?」とばかりにぺろぺろとわが子をなめだした。

五

子猫のもらい手は次々に現れた。

まずは浜の漁師の海三郎だ。子を産んだばかりの若女房が猫好きで、同い年になるからこれも縁だということでもらいに来たのだった。

「名は何がいいかな?」

漁師らしく網に子猫を入れた海三郎が言った。

父猫はどんな猫か分からないが、こちらは茶色の縞猫だ。

「おっかさんが海幸のさちだからね」

一枚板の席から、夏目与一郎が言った。

「でも、海ってつけたりしたら、おいらたちとおんなじになっちまいまさ」

五人兄弟の真ん中がそう言ったから、夢屋に笑いがわいた。

次に手を挙げたのは、江戸兄弟の後棒の戸助だった。

すでに猫は飼っているが、遊び相手に良さそうだと見初めて、三毛猫を引き取ってくれた。

「雄だったら高く売れるんですがねえ」

気のいい駕籠屋が笑みを浮かべた。

「三毛猫ってのはおおむね雌だからね」

「珍しい雄の三毛猫がいたら、船の守り神になるんだそうだ」

「へえ、そうなのかい」

ちょうど居合わせた於六屋の職人衆が口々に言った。

そんな調子で、残りの子猫は二匹になった。

母猫のさちにそっくりなしっぽに縞のある白猫と、相変わらず元気のない子猫だ。

「あんまりお乳も呑まないみたい」

おたねは心配そうに言った。

「猫にも医者があるといいんだがな」

誠之助が腕組みをして言った。

「いずれはそういう医者もできましょうか」

聡樹がたずねた。

「できるかもしれないな。人を診る医者と、けものを診る医者が分かれる。そのおかげで、けものの病が治るかもしれない」
くたっとしている子猫を案じ顔で見ながら、誠之助は答えた。
その晩から雨が降った。すっかり秋の趣の、冷たい雨だった。
明け方、おたねは猫の声で目をさました。
妙にもの悲しい声だった。
さちちゃんがないてる……。
胸騒ぎを覚えたおたねは、猫のもとへ急いだ。
案じたとおりだった。
夢屋の土間で、さちが子猫をなめていた。
「さちちゃん……」
おたねはゆっくりと歩み寄った。
みゃおーん、と、さちがまた悲しげにないた。
子猫には息がなかった。
触ってみると、まだかすかにぬくみがあった。
「どうした」
誠之助も起きてきた。

「子猫が一匹、死んでしまったの、おまえさま」

おたねは痛ましそうに告げた。

「そうか……」

誠之助が歩み寄る。

もう一匹の母猫そっくりな子猫は無事で、きょとんとした顔で成り行きを見守っていた。

その様子がさらに哀れを誘う。

「やっぱり、無理だったのね」

おたねはそう言って嘆息した。

さちはなおも愛おしそうに、生き返っておくれとばかりに死んだ子猫をなめつづけた。

そのさまを見ているうちに、おたねの目の前が急にぼやけた。

あのときのことが、いやにくっきりと思い出されてきたのだ。

もう息をしていないおゆめを胸に抱いて、涙を流しながらいくたびも叫んだ。もう返事をしてくれないわが子の名を呼んだ。

おゆめには、まだはっきりとしたぬくみがあった。その感触がありありとよみがえってきた。

「仕方がない。裏手へ埋めてあげよう」

誠之助が言った。

おたねは我に返った。

「さちちゃん、ごめんね」

まだ未練げな母猫から、死んだ子猫を取り上げる。

「生きている子猫を、しっかりね」

かすれた声で言うと、おたねはさちの首筋をなでてやった。

六

何とも言えない余韻を残して、生恩和尚のお経が終わった。

子猫の小さな墓の前だ。

けものの墓に向かって僧がお経を唱えることはないのだが、話を聞いた和尚から進んで唱えてくれた。

「ありがたく存じました」

おたねが両手を合わせた。

「これで小さな命も浮かばれるでしょう」

誠之助も頭を下げた。

「命に変わりはありませんからね」

和尚は笑みを浮かべた。

母猫のさちはしばらく元気のない様子だったが、そっくりな子猫が乳をもらいに来ると、気を取り直したように世話を始めた。この様子なら大丈夫そうだ。

「いずれ、梅か桜の苗木を植えてあげます」

おたねは墓を指さした。

「それはいい考えです。命はかたちを変えて、花になってこの世に戻り、ふたたびの光をいっぱいに浴びることでしょう」

生恩和尚は言った。

「ふたたびの光を……」

おたねが復唱した。

「そのような輪廻転生はございましょうか」

誠之助が問うた。

生恩和尚はいくらかあいまいな顔つきになったかと思うと、少し間を置いてから答えた。

「仏教における輪廻転生については、宗派によってさまざまな考え方があります。僧の数だけ解釈があると言っても過言ではありません。それほどまでに深遠なる事柄であるとお考えください」

「なるほど」

誠之助はうなずいた。

「さりながら……」

和尚はのどの調子を整えてから続けた。

「拙僧といたしましては、輪廻転生の輪が途切れることはないと考えております。光を浴びたかと思えば、また闇に沈み、ふたたびの光に照らされ、また闇に染められていく。そういった明暗を繰り返しつつ、一つの輪は時の流れを渡っていくのでしょう」

生恩和尚の言葉に、今度はおたねがうなずいた。

その近くを、いくらか猫らしくなってきたわが子をくわえて、さちが小走りに通り過ぎた。子猫の墓のかたわらに下ろし、ぺろぺろとなめはじめる。

一匹だけ残ったわが子をいつくしむ母猫の姿を見たとき、おたねはふと思い当たった。

「人が猫の子になって生まれ変わってくることはありましょうか、和尚さま」

またおゆめの顔を思い出しながら、おたねは問うた。

「現世の行いが芳しくなければ、鳥獣虫魚に転生させられることはありましょう」

生恩和尚の表情が引き締まった。

「逆に、けものから人間に転生することはありましょうか」

誠之助がたずねた。

「盲亀浮木（もうきふぼく）と申しましょうか、ごくまれにしかさようなことはなかろうと考えられています」

和尚はていねいに答えた。

おたねはまたうなずき、さちになめられている子猫のほうを見た。


この子は違うようだわ。

ゆめちゃんは、何も悪いことはしなかった。

神様が遣わしてくださったような子だったんだから……。


そんなことを思い巡らしながら、おたねは誠之助のほうを見た。

同じ思いだったのかどうか、悲しみをともにした夫は、なだめるような笑みを浮かべた。

第十章　聚遠楼の一夜

一

光はだんだんに穏やかになり、空は秋らしい深い青に染められるようになった。

食べ物の恵みがことに増す季節だ。夢屋の中食にも秋ならではの味覚が出るようになった。

今日は松茸（まつたけ）飯だった。白金村の林で穫れた秋の味覚の松茸と油揚げと牛蒡（ごぼう）を具にした松茸飯に、秋刀魚（さんま）のつみれ汁と野菜の煮物をつけた膳だ。これでまずかろうはずがない。

「松茸は焼いて食ってもうめえけどよ」

「そうそう。醤油をじゅっとかけてな」

「飯もまたうめえ」

「油揚げと牛蒡のかみ味がまた違っててよう」

なじみの大工衆の評判は上々だった。

「相済みません。あと三膳でおしまいで」

列に並んでいた客に、おたねがすまなさそうにわびた。

「松茸はまだありますんで、焼き松茸の串をお安くしときますよ」

太助が声をかける。

「そうかい。なら、それでいいや」

「ねえものは食えねえからな」

ややあって、膳にあぶれた客は、はふはふ言いながら焼きたての松茸串を食べだした。

「うめえ」

「醤油と塩をちょいと足すだけで……」

「倍くらいのうまさになるな」

こちらも笑みがこぼれた。

そんな按配で合戦場のような時が過ぎ、短い中休みを経て二幕目が開いた。

一枚板の席には早々と夏目与一郎が陣取った。

「昼はまだなんだがね」

元与力の狂歌師が厨のおりきに言った。

「焼きうどんができますが。松茸としめじで」

女料理人が笑みを浮かべた。

「いいね」

「甘藍も入れましょうか、四目先生」

「少しなら邪魔にならないだろう」

夏目与一郎がそう答えたとき、のれんが開いて客が入ってきた。

「まあ、京屋さん、いらっしゃいまし」

おたねの表情がやわらいだ。

入ってきたのは、京屋のあるじの留吉と番頭の巳三郎だった。

二

「子猫はとにかくやんちゃなので、しくじった扇を与えて遊ばせていますよ」

留吉はそう言って笑った。

「うちも、残ったもう一匹は元気で」

おたねがちょうどひょこひょこ歩いてきた子猫を指さした。

そのあとを、母猫のさちがどたばたと追ってきた。子がどこへ行くのか心配らしい。

「母さんにそっくりな猫になりそうですね」

京屋のあるじが目を細くした。

「そろって看板猫になりそうです」

番頭も和す。

ここで焼きうどんができた。

京屋の二人にもふるまわれる。

「松茸としめじを合わせると、どちらもおいしくなりますね」

「こちらに用があって良かったです、旦那さま」

京屋の主従が相好を崩した。

今日は扇に貼る金箔などの仕入れのようだ。先日は礼次郎の百か日法要の精進落として来てくれたから、夢屋にはすっかりなじみになった。

そもそも、さちが産んだ子猫の里親だから、縁者のようなものだ。

留吉に引き取られた子猫は、師匠の礼次郎の見世、いまはなき風屋にちなんで「かぜ」と名づけられた。

ほかの猫にも名がついた。

浜の漁師の海三郎にもらわれた猫は「たから」と命名された。

海は宝、から採られた名だ。それを聞いて、夢屋の常連はみな「いい名だ」とほめた。

駕籠屋の戸助のところへ行った三毛猫は「みけ」になった。

「見たまんまだな、おめえ」

「この名前だったら、間違えようがねえんで」

「変わった名だと思い出せなくなるからな、おめえは」

「そりゃ言い過ぎだろう、兄ちゃん」

芝で有名、江戸で無名、が合言葉みたいなものになっている江戸兄弟は、にぎやかにそんな掛け合いをしていた。

好評のうちに焼きうどんが平らげられた頃合いを見計らって、おたねが茶を運んだ。あきないの途中だから、どちらも茶だ。

「蘭丸さんが絵付けをした扇は評判がいいようですね」

おたねが言った。

「はい、ありがたいことで。横浜の雛屋さんで人気のようです」

留吉が白い歯を見せた。

　夢屋でまとまった相談はうつつのものとなった。蘭丸が紙に描いた富士の絵に金箔などを貼り、扇に仕上げて横浜の雛屋の出見世に卸す。見世に来た異人たちに大好評で、土産物として飛ぶように売れているらしい。

「今日はうちの人が横浜へ出かけてるんです。雛屋さんものぞいてくると言ってました」

　おたねが伝えた。

　近々、また松代の象山のもとへ出かけることになっている。そこで、寺子屋は休みにして聡樹とともに横浜へ出かけ、手土産になるような洋書を物色しがてら雛屋ののれんもくぐることにしていた。

「さようですか。そのうち行ってみたいものだねえ」

　留吉は番頭の顔を見た。

「大変なにぎわいだと聞いてますからね、旦那さま」

　巳三郎が答える。

「牛の肉なんかを食わせる見世もあるらしいね。付け合わせに甘藍が売れたりしないかねえ」

　夏目与一郎が色気を見せた。

「なら、異人さんの見世を廻って売りこんでみるとか」

太助が水を向けた。

「手伝ってくれるかい？」

「いやあ……そりゃあちょっと」

太助が急に尻込みしたので、夢屋に笑いがわいた。

三

ほどなく、京屋の主従が腰を上げ、入れ替わりに伊皿子焼の陶工衆がのれんをくぐって座敷に上がった。

「お、先客ね」

いつもの柳色の道服を着た明珍が表情をゆるめた。

「まあ、いつのまに」

おたねのほおにえくぼが浮かぶ。

同じ青い目をした親子猫が、座敷の隅にちょこんと座っていた。

「ほんとに、おっかさんをちっちゃくしたみてえだな」

「こいつは雄かい？」

陶工の一人が訊いた。

「ええ。この子だけ夢屋に残ることになりました」

おたねは答えた。

「名は何だっけ」

「前に来たときに聞いたじゃねえかよ」

「憶えが悪いからな」

陶工衆はにぎやかだ。

「ふじ、とつけました。富士のお山みたいに、立派で大きな猫になるようにと思って」

おたねは答えた。

「ふじ、か。いい名だ」

「日の本一のお山だからな」

「ふじ、ふじ」

明珍が名を呼びながら手を伸ばすと、子猫は猫じゃらしと思ったか急に飛びついてきた。

「痛い、痛い」

「だめよ、ふじ。爪を立てちゃ」

おたねがなだめる。

子猫は何を見ても猫じゃらしに見えるらしく、おたねがしつらえた切り花などもふと気づくとぐちゃぐちゃになっていたりする。手間は増えたが、それもまた楽し、だ。

座敷に初めの肴が出た頃、玄斎も姿を見せた。疲れているのか、顔色はいま一つさえない。

「一本だけつけてくれるか」

玄斎はおたねに言った。

「いいの？　お父さん」

おたねは驚いたように訊いた。

「ああ。気を換えないとな」

玄斎はあいまいな顔つきで答えた。

「何かあったんです？　玄斎先生」

夏目与一郎が問う。

「患者さんが一人、ゆうべ亡くなってしまってね」

医者は嘆息してから続けた。

「わたしとしては、打つべき手はすべて打ったつもりだった。寿命としか言いようのない最期だった。それでも、残されたご家族には無念だったんだろう、けさはうちに怒鳴り込みに来てね」

「まあ、それは」

酒の燗をつけながら、おたねが言った。

「そりゃあ逆恨みですよね、玄斎先生」

肴の支度をしながら、おりきが言う。

「まあ、やり場のない怒りを医者に向ける気持ちも分かるからね。かと言って、謝ってしまったら、こちらに落ち度があったということになりかねない。打つべき手は打ったというところは譲れないから、いろいろと疲れてしまったよ」

玄斎はそう言って嘆いた。

「看取るご家族を亡くした礼次郎さんのような場合もあれば、遺族が筋違いの文句を言ってくることもある。人の死はいろいろですな」

夏目与一郎がしみじみと言った。

酒と肴が出た。

肴は戻り鰹のたれがけだ。

厚めの切り身にした鰹は、熱した胡麻油でさっと炒める。これにたれをかけて食す。大蒜と葱のみじん切りに醬油、酢、塩をまぜてつくった風味豊かなたれをあら熱の取れた鰹にかければ、こたえられない酒の肴になる。

すでに座敷にも同じ肴が出ていた。

「窯変の、うまさだね」

明珍が窯元らしい評をした。

釉薬が窯で焼かれることによって、思いもかけぬ味わいを表すことがある。窯変の陶器には、名品と称せられるものが多い。そのあたりとうまくかけていた。

「たしかに、胡麻油も効いてるね」

玄斎の表情が少しばかり晴れた。

「ま、気を換えてくださいましな」

元与力の隠居が酒を注いだ。

呑み干す。

「……しみるねえ」

気の重いことがあった玄斎はしみじみと言った。

「一本だけだからね、お父さん」

おたねがクギを刺した。

「ああ、分かってる。ところで、観音汁はやってないのかい。ふと呑みたくなったんだが」

玄斎は厨を見た。

「鶏が入ればつくれるんですがねえ。がらでもいいんだけど」

と、おりき。

「なら、また杉造さんに頼んでつくりましょうか。冷えてくる時分にはちょうどいいし」

おたねが乗り気で言った。

「観音汁なら、おいらも呑むぜ」

「芋と人参がほっこりしててうめえから」

「それだと四目先生がへそを曲げちまうぜ」

「おっといけねえ、甘藍も」

陶工衆のさえずりに、海目四目は苦笑いを浮かべた。

「観音汁という名前なら、南蛮ぎらいの旦那も文句は言わないだろうからね」

玄斎がそう言って、また猪口の酒を干した。

「あらかじめ口上を思案しておけば、ぐうの音も出ないと思うから」

おたねは気の入った顔つきになった。

四

誠之助が横浜から戻り、松代行きの荷を整えだしたある日、夢屋の中食に観音汁が出た。

具だくさんの観音汁に茶飯、それに鱚の風干しを焼いたものに青菜の浸しと二度豆の小鉢までつく。彩り豊かで身の養いになる、夢屋自慢の中食だ。

「久々に観音様が身に入ったぜ」

「ありがてえこったな」

「今日は風が冷てえから、ことのほかありがてえ」

そろいの半纏の左官衆が言う。

「茶飯がまた風味があってうまいな」

暇なので中食も列に並んで食べに来た平田平助が満足げに言った。

「狭山のいいお茶が入ったので、茶飯にしてみました」

膳を運びながら、おたねは告げた。

そのとき、ふと気づいた。

頰被りで隠しているが、瓦顔までは隠せない。性懲りもなく棒手振りに身をやつし、野不二均蔵同心が探りを入れに来ていた。

数をかぎった中食が売り切れ、お運びが一段落ついたとき、隠密廻り同心は箸を置いた。

「いかがでございました？　隠密廻りの野不二さま」

夢屋じゅうに響きわたる声で、おたねはたずねた。

客が静まる。

「隠密廻りだってよ」

「この見世を目の敵にしてるって聞いたぜ」

「もっと悪いとこを見張ればいいのによう」

「出来が悪いから暇なんだろうぜ」

同心のほうをちらちら見ながら、客はしきりにささやき合った。

「この観音汁とやら、何やら面妖な味がするな」

棒手振りに身をやつした隠密廻りは、嫌な目つきで問うた。

「さようでございますか」

おたねは軽く受け流した。

「南蛮わたりのものは入っておらぬな？　もし使っておれば、即刻のれんを取り上げるぞ」

南蛮嫌いの野不二同心は厳しい顔つきになった。

「鶏でおだしを取っておりますが、それが何か？」

おたねが問う。

夢屋はすっかり静まった。太助とおよし、おりきも手を止めて成り行きをじっと見守る。

「鶏だと？」

同心の顔がゆがんだ。

「はい」

おたねはいささかも動じなかった。

「鶏でおだしを取ると観音さまのご加護があるのです。ありがたい『観音経』の巻二十にそのような教えがあると聞き、お客さま、ひいては江戸の皆さまに観音さまのご加護をと思い立って、ああでもない、こうでもないと試しづくりを繰り返し、ようやっとこの味に……」

「そのへんで良いわ」

野不二同心は蠅を手で払うようなしぐさをした。

『観音経』のくだりは口から出まかせだが、学のない同心は疑いもせずに呑みこんだ。

「まあ良いであろう」

いつものせりふを吐くと、南蛮嫌いの同心はすっと立ち上がった。

「毎度ありがたく存じます」

おたねはことさら明るい顔をつくった。

五

「夢屋も横浜に出見世を出したらどうだい」

隠居の善兵衛が言った。

横浜から戻ってきた誠之助と聡樹によると、行くたびに新たな建物や見世ができていて、大変な活気らしい。

「雛屋の次は夢屋だね」

夏目与一郎も水を向ける。

「わたしゃ、異人さんの来る見世はおっかないんで」

厨のおりきがあわてて手を振った。

「おいらも、江戸でいいんで」

太助が持ち帰り場から和す。

およしも思わずうなずいた。

「ま、跡取り息子がやるって言うかもしれねえからな」

善兵衛は表で竹とんぼを飛ばして遊んでいる春吉のほうを指さした。

「ああ、そうですね。春ちゃんに出見世をやってもらいましょう」

おたねが笑みを浮かべた。

「そこまで待たずとも、人を育ててやってもらうっていう手があるね」

夏目与一郎が言った。

「なるほど、そういう手が」

おたねはまんざらでもなさそうな顔つきになった。

「ああ、教えるだけならいくらでも教えますから」

厨で手を動かしながら、おりきが言った。

「出見世ができたら、横浜見物へ行くぜ」

「おう、いいなそりゃ」

「うめえもんもありそうだ」

座敷には、これから見廻りだという火消し衆が陣取っていた。

平目の刺身と持ち帰り場の海老の串揚げを肴に、軽く呑みながら口々に言う。

「そうですねえ。じゃあ、誠之助さんとも相談してみます」

そう言ったおたねの足もとを、しっぽをぴんと立ててふじが通り過ぎた。

猫の子はすぐ大きくなる。ふじもだいぶ猫らしくなってきた。

小さい頃はさちが首をくわえて大事そうに運んでいたものだが、もう無理になった。その代わり、折にふれて体をなめてやっている。一匹だけ残った子猫に愛情をそそぐ母猫の姿は、見ているだけでほっこりするものだった。

ほどなく、今度は人のわらべの声が聞こえてきた。

寺子屋が終わったのだ。

「竹とんぼで遊んでるのかい？」

「おいらがやってやらあ」

春吉に気安く声をかける。

お兄ちゃんたちがこうやって遊んでくれるから大助かりだ。

「みんな元気だな。甘藷の串が余ってるから、一本ずつ持ってけ」

太助が声をかけた。

「わーい」

「ただなの？」

わらべの声が弾む。

「いつも春吉と遊んでもらってるから、お駄賃だ。今日だけだぞ」

太助は笑顔で言った。

寺子屋を終えた誠之助と聡樹にはまかないが出た。

観音汁は売り切れたので、茶飯に甘藍の味噌汁だ。初めは合わないような気がしたが、舌が慣れるに従って美味に感じられてきた。

育ての親の夏目与一郎と善兵衛にも出た。

「甘藍のほかに、豆腐に油揚げに葱、ずいぶんと具だくさんだな」

善兵衛が言った。

「寺子屋とおんなじで、多いほうがそれぞれの味が出ていいかもしれない」

誠之助も味わいながら言う。

「なるほど。『具だくさんの味噌汁は寺子屋の味　笑いもあれば涙もあり』か」

「それは狂歌でしょうか、四目先生」

おたねがおかしそうに問うた。

「名人ともなれば、言葉がおのずから狂歌になるのだよ」

海目四目はさらっと答えた。

「象山先生は、言葉がおのずから警句になりますね」

聡樹が言った。

「そうだな。このたびはどんなお言葉を聞けるか」

と、誠之助。

「いつから行くんだい？」

夏目与一郎がたずねる。

「あさっての朝に発ちます」

「横浜から帰ってきて間もないのに大変だね」

「いえ、かえって気が張っていいですよ」

誠之助は笑みを浮かべた。

いささかあわただしかったが、支度が整った。

光武誠之助と坂井聡樹は、松代の佐久間象山のもとへ向かった。

六

今回の聚遠楼は様子が違った。

どうやら先客がいるようだ。

蟄居の身とはいえ、象山のもとへは折にふれて客人が訪ねてくる。門番はいるが、しかるべき筋からの添書を携えていれば面会を許されるのが習いだ。

誠之助と聡樹はそんなものを携えていない。誠之助に忍びの心得があるのを幸い、夜陰に乗じて象山のもとを訪れるのが常だった。

しかし……。

いつものごとく、暮夜ひそかに聚遠楼へ忍びこみ、廊下を抜き足差し足で進んでいくと、異なことに人の話し声らしきものが聞こえた。

また賦を吟じているのかと思いきや、違った。象山はだれかと話しているのだ。しかも、いつになくうわずった声で、嘆きを含んでいたから誠之助は驚いた。

「だれかいるぞ」

誠之助は聡樹に言った。

「はい」

弟子は小声で答えた。

象山のほうも人の気配に気づいたようだ。話し声が止んだ。

「先生、光武が弟子とともに江戸よりまいりました」

廊下にひざをつき、誠之助は先んじて言った。

「誠之助か」

象山の声が響いてきた。

「はい」

誠之助は短く答えた。

咳払いに続いて、魔王のごとき声が発せられた。

「入れ」

誠之助は障子を開け、聡樹とともに中に入った。

行灯の灯りのなかに、見知らぬ男の影が浮かびあがった。

正座していても、小柄であることは察しがついた。にもかかわらず、かたわらに置かれている剣は目を瞠るほど長かった。

「わが弟子の光武誠之助に、その弟子の坂井聡樹だ。誠之助に忍びの心得があるゆえ、かくのごとき会談を折にふれて行っている」

象山が客に伝えた。

いささか異なことに、その目はかなり赤くなっていた。

「光武誠之助です」

「弟子の坂井聡樹と申します」

二人は短く挨拶した。

「己(おのれ)を訪ねてきた故吉田松陰の愛弟子(まなでし)だ。刑死せるわが弟子松陰の書状を携えてきた」

象山は畳の上に置かれている文を示した。

その指は、かすかにふるえていた。

さきほど聞こえた嘆きの声と、いつになくうるんだ目。

その謎が図らずも解けた。

「それがしには忍びの心得がなきゆえ、急な病にて難儀をいたし、名医の誉れ高い象山先生の治療を受けるという名目でまかりこしました」

先客はそう前置きすると、初めて名を告げた。

「高杉晋作(たかすぎしんさく)と申します」

七

安政の大獄に連座し、刑死する前の安政六年四月、吉田松陰は師の佐久間象山に文をしたためた。

永の訣れとも言うべき内容で、松陰はすでに己の運命を悟っていた。

萩において松下村塾を開き、弟子の育成に当たっていた松陰は、水戸藩の志士が大老の井伊直弼を討たんとしているという風聞を耳にした。尊王攘夷の思想を抱く松陰は、憂国の思い止みがたく、水戸の志士に先んじてまず老中の間部詮勝を討たんと企てた。

これを知った長州藩は大いに驚き、松陰を獄に幽閉した。象山の書簡はその折にしたためられたものだった。

その文は、弟子の高杉晋作の紹介状も兼ねていた。当時の高杉は二十歳になってまもない若者だった。高杉をおのれだと思って、厳しく指導していただきたいという旨も記されていた。

その弟子の書簡が、紆余曲折あって、松陰の没後にようやく象山のもとへ届けられた。刑死を覚悟のうえで綴ったとおぼしい松陰の書状を読み、さしもの象山も熱い涙を流した。その嘆きが一段落ついたところへ、誠之助と聡樹が現れたのだった。

「松陰は生き急いだ。惜しみても余りあることだ」

象山はそう言って嘆いた。

「先生は真情の人であります。その太き線を貫き通されたのです」

高杉晋作は歯切れのいい口調で言った。

鼻ぐりのない暴れ牛。

師の松陰は晋作のことをそう評したことがある。大男の象山と比べると、大人とわらべのようだが、その小さな身には膂力と熱情が満ちあふれていた。

異人と見まがうほどの風貌の象山がいるから目立たないが、高杉晋作もなかなかに特徴のある容貌で、ずいぶんと面長だった。のちに「乗った人より馬が丸顔」とささやかれたほどだ。

「さはさりながら、大義のために命を惜しむことも肝要なり」

象山はそう教えた。

「しからば、その大義とは何でありましょうや。私見によれば、尊王攘夷の道をなお強く拓き、もはや頼むに足りぬ幕府を見捨て、夷敵の圧力に屈せざる国を築き上げることでありますが」

高杉晋作は正座を崩さずに言った。

「幕府を見捨てると軽々に口走るは性急に過ぎる。屋台骨は揺らいではいるが、それをば公武の合体にて乗り切り、国難に当たるのが上策であろう」

象山は譲らない。

その後も夜を徹しての議論が続いた。

「軽々に攘夷と言うが、そなたは列強の軍力について事細かに知っているか。軍艦の数その他もろもろをそらんじているか」

象山はそう詰め寄った。

「存じておりませぬ。さりながら……」

高杉晋作は一歩も引かず、滔々とわが思うところを弁じた。

それに対して、象山もまた列国の軍艦の数や名まで列挙しながら、いかに徒手空拳の攘夷が無益であり、ひいては国の行く末を誤るものであるかと諄々と説き伏せた。

誠之助と聡樹はあまり口を挟むことができなかった。ちょうど横浜へ行ってきたばかりだったので、その瞠目すべき発展ぶりを伝えたりしただけだった。

「横浜の開港に関しては、己も建議を行った。街道に近い神奈川ではなく横浜に白羽の矢を立てたのは、われながら先見の明があった。百年先には、横浜に己の像が建つやもしれぬ。呵々」

初めは弟子の死を嘆いていた象山だが、深夜になるといつもの笑い声に戻った。

この夜の会見のあと、快男児高杉晋作は象山を評して「なかなかほらを吹くことの上手な先生かな」と笑ったと伝えられている。

「象山先生は、かくのごとく百年先を見据えておられるのだよ、高杉殿」

誠之助は血気盛んな若者に言った。

「さりながら、百年は一年、いや、今日という一日の先にあります」

高杉晋作は頑固だった。

一つ意見を言えば、十倍になって返ってくる。

「しからば問う。尊王攘夷が成就したあかつきには、いかなる世が到来するか。そこで起こりうる諸問題に関して、いかなる策を講じるか、腹案はあるか」

象山はそう斬りこんだ。

二人の剣士が木刀にて火花の散るような稽古を行っているような按配だった。高杉晋作も思うところをよどみなく述べたが、象山は決して首肯しなかった。

「ふたたび王政が復古されれば、その大事を成就するためには、いまの封建を改めて郡県制にせねばならぬ。しからば、時を経ずして士農工商の身分は廃されるであろう。農工商はともかく、俸禄から離れた難民のごとき士はいかがする？」

象山はそう詰め寄った。

「さあ、それは……」

さしもの高杉晋作も答えに詰まった。

「誠之助はどうだ。何か考えはあるか」

象山は問うた。

「農地を与え、開墾に当たらしめるのはいかがでしょう」

誠之助はふと思いついたことを答えた。

「面白い」

象山はひざを打った。

「蝦夷地などの開墾に当たらしめれば、農地は格段に増すことであろう」

「さりながら、唯々諾々と士分が農地に赴きましょうか」

高杉晋作が腕組みをして言った。

「うむ。己もそう易々と事が運ぶとは思わぬ。しかしながら、さような百年の計を抱きつつ行いを企てねばならぬ。直情径行は身も国の行く末をも誤ることがあるゆえ、よくよく肝に銘じるべし」

象山はそう言って、年若い客を見た。

「はっ、肝に銘じました」

空が白みはじめたころ、高杉晋作はようやく頭を下げた。

その後は、象山から例のポートーフーについて訊かれた。

鶏からだしを取り、仏蘭西観音汁、略して観音汁として見世でも出していること。

高波で家族を亡くし、病で伏せっていた男は、折にふれて観音汁を呑み、安らかな顔で逝ったこと。

その男がかわいがっていた猫を引き取ったところ、子を産んでともに暮らしていること。

誠之助は要領よくまとめて師に告げた。

「そのように命は続いていくのであろう」

象山は珍しくしみじみとした口調で言った。

「亡き松陰とも、いずれどこかで、何らかのかたちで巡り会うやもしれぬ。その節は、また酒を酌み交わしながら、大いに談論したきものだな」

象山の言葉を聞いていた高杉晋作が、やにわに袖を顔に当てた。

夜を徹した疲れも手伝い、師の松陰を思い出して感極まってしまったのだろう。

男泣きする若者の嗚咽(おえつ)の声は、なおしばらく響いた。

八

「ふわあっ」

誠之助は大きなあくびをした。

夜が明ける前に聚遠楼を辞し、例によって佐久間家の用人の幸田源兵衛を訪ねた。わけを話して床を延べてもらい、眠ろうとしたのだが、夜を徹しての談論のせいで頭がすっかり冴えてしまっていた。結局、いくらかうとうとしただけで起きてしまった。

「昼は蕎麦を打ちますので」

幸田源兵衛が言った。

「信州は秋蕎麦の季節ですからね」

誠之助は笑みを浮かべた。

「玄蕎麦もありますので、いくらでもお持ち帰りください」

源兵衛は快くそう言ってくれた。

そのうち聡樹も起きてきたので、二人して源兵衛の蕎麦打ちを学ぶことにした。石臼の当てはあるから、玄蕎麦から蕎麦粉を挽ける。夢屋で出す麺といえばうどんや素麺だったが、本場信州のうまい蕎麦を出せれば幅が広がる。

源兵衛の女房に子供たち、家族も加わってにぎやかに蕎麦打ちが始まった。蕎麦打ちは一家のあるじのつとめだが、薬味と付け合わせがある。秋の恵みを活かした天麩羅に、信州名物のおやき。付け合わせと言うには多すぎる量だ。

蕎麦はたぐりやすいぼっち盛りにする。江戸の蕎麦に比べると太くていささか荒っぽいが、蕎麦粉の風味が野趣とともに伝わってくるうまい蕎麦だった。

「素人が打った蕎麦で、不調法ですが」

用人が笑みを浮かべて言った。

「いや、かむと甘みがあっておいしいですよ」

誠之助の顔もほころぶ。

「椎茸（しいたけ）の天麩羅がまたおいしいですね」

聡樹も顔をほころばせた。

見事に笠の張った肉厚の椎茸だ。これは天麩羅がことのほかうまい。

「細くてつるつるとのどごしのいい蕎麦もいいけれど、こういうわしわしとかむ蕎麦もうまいです」

誠之助はそう言ってまた箸を伸ばした。

「玄蕎麦の挽きぐるみの田舎蕎麦ですからね。江戸の人の口には合わないかもしれませんが」

源兵衛が言った。

「いや、江戸の人と言っても、田舎から出てきた人も多いですから」

「ああ、なるほど」

用人がうなずく。

「田舎蕎麦を主役にして、そういったふるさとから遠く離れた人の里心をくすぐる膳ができそうです」

「里の秋膳、ですね」

聡樹が知恵を出した。

「おう、それはいいかもしれないな」

誠之助はそう言って、おやきに手を伸ばした。

刻んだ椎茸や人参などの餡を味噌で味つけし、饅頭のような厚い皮に入れて蒸す。仕上げに刷毛で醤油を塗って焼けば、醤油と味噌の二つの味が楽しめるおやきになる。信州の人の数だけおやきがあるが、ことに幸田家のおやきはうまかった。

「もうおなかいっぱいです」

聡樹が帯を一つたたいた。

「わたしもだ。かき揚げがまた大きいじゃないか」

誠之助が箸で示した。

「衣をつけてたねをまとめてから油に放ち、箸でほうぼうを按配よくつついて気の泡を入れてやると、見違えるほどかさが増えるんですよ」

よろずのことに通じている源兵衛が身ぶりをまじえて言った。

「さくっと揚がってるよ」

「おいしい」

源兵衛の子供たちが言う。

「じゃあ、食べておくれ。夜を徹したせいもあって、もう入らないから」

誠之助はそう言って、かき揚げの皿を滑らせた。

その後は、象山のもとを訪れる客の話になった。

急病人を装うのは高杉晋作ばかりでなく、ほかにも例があるらしい。

「もし本当に急病人で死なれたりしたら後生が悪いから、さすがに断れないでしょう」

用人は言った。

「しかし、遠からず、そのような知恵は入り用でなくなるかもしれませんね」

「すると、いよいよ赦免になられると」

源兵衛は声を落とした。

「そういう噂は根強くあります。世が象山先生を求めている、さらなる活躍を望んでいるという事情もありましょうが」

誠之助は慎重に言った。

「そうなればよろしいのですが。蟄居ぐらしもずいぶんと長くなってしまいましたので」

佐久間家の用人はそう言ってため息をついた。

第十一章　ふたたびの光

一

夢屋の中食に、里の秋膳が出た。

誠之助から教わっておりきと太助が打った田舎蕎麦に、茸の天麩羅とかき揚げ、それにおやきと栗おこわと香の物までつけた。いちばん大きな膳でようやっと載るほどの量だ。

「どれから食うか、箸が迷うぜ」

「どれもかさがあるからよう」

「ますます腹が出ちまう」

そう言いながらも、客の顔には笑みが浮かんでいた。

どれもこれも上々の出来だ。まさに箸が迷う。

「はい、お蕎麦、あと五膳」

おりきが厨から言った。

見世にも客がいるから、残りは三膳しかない。

おたねはあわてて夢屋の外に出た。子猫のふじも元気よく後に続く。

「里の秋膳、残り三膳でございます。お早く願いまーす」

伊皿子坂の上手と下手に声をかける。

「信州のお母さんの味、ふるさとの味、里の秋がぎゅっと詰まった中食の膳でございます」

「おいらが揚げた、でけえかき揚げもついてるよ」

持ち帰り場から、太助も声を張り上げた。

「おやき、おいしいよ」

春吉のわらべらしい声も響く。

そんな呼び込みの声に誘われて、次々に客が入ってきた。

「おう、間に合った。危ないところだったな」

そう言ったのは平田平助だった。

「ようございました。どうぞお入りください」

おたねが身ぶりをまじえて言った。

「おっ、おまえも呼び込みか、偉いのう」

気のいい武家はそう言って、ふじをひょいと抱き上げた。

しっぽだけ縞模様のある白猫が青い目を開き、細い声で、

「みゃあ」

と、ないた。

「夢屋の中食、平田平助殿で売り切れました、か。よう言えたのう」

気のいい武家は勝手なことを言って、見違えるほど大きくなった猫を土間の上に放した。

こうして、里の秋膳はまたたくうちに売り切れた。

二

「蕎麦にありつけなかったから、せめてこれだけでもいただくよ」

夏目与一郎がそう言って、蕎麦湯の湯呑みを口に運んだ。

「どろっとしてうまいね」

中食からずっといる暇な武家が笑みを浮かべた。

「身の養いにもなりそうで」

今日は父の善兵衛ではなく、家主の善造が来ていた。

ほうぼうの長屋を見廻り、直すところの段取りを整えたりしなければならないから、存外に忙しい。

「太助は調子に乗って、大晦日（おおみそか）に年越し蕎麦をとか言ってるんですがね」

手を動かしながら、おりきが言う。

「手が足りるかい？」

夏目与一郎がすぐさま言った。

「今日だってもう猫の手も借りたいほどの忙しさで」

おたねはそう言って座敷を見た。

やっと客の波が引き、いまはよく似た親子猫が身をまるめて寝ている。目の悪い客がときどき座布団と間違えるから気をつけなければならない。

「たしかに、てんてこ舞いだったたね」

と、太助。

「例の話はどうなんだい。やる気はあるのかい」

夏目与一郎が言った。

「例の話と言いますと？」

善造が訊く。

「雛屋さんに続いて、夢屋も横浜に出見世を出したらどうかっていう話をしていたんだよ。ま、すぐにどうこうっていう話じゃないんだが」

「なるほど。人手が入り用なら、口入れ屋に顔が利くから」

家主は乗り気で言った。

「いや、横浜で異人さん相手に出す見世だから、英語の心得もないとね」

夏目与一郎が言う。

「ああ、そうか。そりゃ、ちょいと荷が重いですね」

善造が苦笑いを浮かべた。

「誠之助さんは気がないこともなさそうだったので、いずれ学問の知り合いなどでいい人が見つかれば、厨の修業をしていただいて、ということもあるかもしれません」

おたねが慎重に言った。

「もしそうなれば、夢屋の名が万国にとどろきわたるね」

元与力の隠居が大きなことを言った。

「万国に夢屋の名が……そりゃあ凄い」

平田平助が素朴に感心して言った。

「とらぬ狸もいいところですけど」

おたねが笑う。

「いずれにせよ、中食だけでも手伝いがいたほうがいいかもしれないね。わたしもだんだん歳が寄って、手が回らなくなってくるから」

「おっかさんはあと十年くらい平気だよ」

太助がすぐさま言う。

「そんなこと言ってて、倒れてからじゃ遅いからねえ」

と、おりき。

「春吉がお手伝いできるのはずいぶん先だし」

およしが表で遊んでいるわらべのほうを見た。

「猫は手伝えないし」

太助が座敷を指さす。

「あの子らは、いるだけで看板猫だから」

おたねのほおにえくぼが浮かんだ。

結局、その日はお手伝いを入れる話は進まなかった。

その話がある事情で蒸し返されるのは、さらに風が冷たくなってからのことだった。

三

師走(しわす)に入り、伊皿子坂に木枯らしが吹くようになった。

こういう季節になると、あたたかいものが恋しくなる。夢屋でも、煮奴や釜揚げうどんなどがよく出るようになった。

観音汁もすっかり見世の顔になった。

「初めは妙な味だと思ってたがよう」

「すっかり舌が慣れちまった」

「ありがてえお経に出てる汁だからよ」

「きっと御利益があるぜ」

なじみの職人衆が口々に言う。

お経に出ているというのはおたねが南蛮嫌いの同心を退散させるための方便だったのだが、いまは客のほとんどが信じるようになった。

そのおたねの顔色は、いま一つさえなかった。

三日ほど前から腰やおなかが痛かったのだが、今日は頭も重かった。よほど調子が悪いらしく、さきほど観音汁の味見をしたのだが、妙にまずく感じられた。

あく取りが甘かったのかと思い、およしにも舌だめしをしてもらったのだが、

「いつものお味ですよ。疲れてるんじゃないですか？　おかみさん。休まれたほうがいいですよ」

と、ずいぶん案じられてしまった。

「たしかに、そうかもしれないわね。ずっと働きづめだったから」

おたねはそう答えて腰に手をやった。

二幕目に入ると、火消し衆が座敷に陣取った。今日は纏（まとい）持ちの祝いごとだ。初めての子ができた祝いの宴だから、豪勢に伊勢（いせ）海老の鬼殻焼きや寒鮃（かんびらめ）の刺身、鰤（ぶり）大根に葱甘藍豆腐鍋など、料理は次々に運ばれた。

そのお運びをしているときも、おたねはだいぶつらそうで、客の見えないところで腰をさすったり、身の曲げ伸ばしを行ったりしていた。

ちょうどそこへ、父の玄斎の弟子の玄気が入ってきた。品川の薬屋へ使いに行った帰りらしい。

「おつ、海老はまだあるかい？」

いつも元気な若者が太助に声をかけた。

「あるよ。たれはどっちだい」

太助が訊く。

「なら、甘いほうで」

「へい、承知」

太助はさっそく海老の串を揚げはじめた。

「大きくなったなあ、春坊」

「うん。ねこより大きいよ」

春吉が突拍子もないことを口走る。

「そりゃ、猫よりちっちゃかったらびっくりだ」

玄気がそう言って笑ったから、夢屋に和気が満ちた。

「おかみさん、ご無沙汰してます」

厠から戻ってきたおたねに、玄斎の弟子は声をかけた。

「ああ、ご無沙汰で。診療所はどう？」

おたねはたずねた。

「相変わらずの忙しさです。冬は風邪が流行りますから。おかみさんはいかがです？」

玄気が問い返す。

「それが……ちょっと調子が悪くてねえ」

「風邪ですか？」

「いえ。風邪じゃないんだけど、おなかや腰や頭が痛くて」

「そりゃいけませんね」

玄気の表情が曇った。

「お母さんに言っておいてくださいます？　忙しくてすぐ来られないかもしれないけど、たまには夢屋の料理も食べてもらいたいし」

おたねはふと思いついて言った。

お母さんも医者なんだから、頼ったらどう？

だれかが遠くで知恵を授けてくれたかのようだった。

「分かりました。伝えときます」

若者はすぐもとの顔つきに戻った。

「はい、できたよ」

太助が串を差し出した。

揚げたての海老の串に、甘だれをたっぷり塗ってある。

「おお、うまそうだ」

玄気はさっそく頭からがぶりとかぶりついた。

「いい食べっぷりだな」

「見てるだけでうまそうだ」

「こっちにもくんな」

座敷から声が飛んだ。

「……うん、うまい」

玄気の明るい声が響いた。

四

母の津女が夢屋ののれんをくぐったのは、翌日の中食の後片付けが終わった頃合いだった。

「まあ、お母さん」

おたねは座敷を拭く手を止めた。

「具合が悪いって聞いたので」

女医の母が言った。

「ありがとう。ちょっときりがつくまで待って」

おたねは軽く右手を挙げた。

「昼は召し上がりました？」

おりきが声をかけた。

「いえ、まだなの。何かいただけるかしら」

一枚板の席では、ふじがわがもの顔で寝ていた。その隣に座って、津女が言った。

「中食がまだ二膳余ってますので」

「多めに支度したら、珍しく売れ残ったの」

また座敷を拭きながら、おたねが言った。

「豆腐飯に観音汁、鰤大根に人参の煮物に香の物……」

おりきが唄うように告げる。

「聞いただけでおいしそうね。……おまえが看板猫かい？」

津女はふじに声をかけた。

猫はきょとんとした顔で初めて来た客を見た。

甘辛いだしで煮た豆腐を飯にのせ、葱や胡麻や海苔などの薬味を添えて崩しながらわしわしと食す。これだけでも腹にたまるのに、具だくさんの観音汁や冬の恵みの鰤大根などもついている。夢屋ならではの中食の膳だ。

「……もうおなかいっぱい。噂に聞いてた観音汁もいいお味ね」

時をかけて食べ終えた津女は、満足そうに帯に手をやった。

「その観音汁の味が、どうも変に思われてきて」

おたねは浮かない顔で告げた。

「そう」

津女はあごに指を当てた。

何か思案ありげな様子だ。

「じゃあ、きりがついたら奥で診てあげましょう」

女医はそう言うと、ひざに乗ってごろごろ言いだしたふじの首筋をぽんとたたいた。

誠之助は聡樹とともに寺子屋だ。奥に人目はない。

おたねは母に体調について事細かに告げた。

津女からもいろいろな質問があった。

月のものはどうか、胸は張っていないか、熱っぽくはないか。

それに答えているうちに、おたねは、はたと思い当たった。

「もしや、お母さん……」

おたねの声が少しふるえた。

津女は黙って娘の額に手を当てた。

熱を測る。

「舌を出して」

おたねは言われたとおりにした。

おゆめをなくしてから、これまでもいくたびか「もしや」と胸を弾ませたことがあった。

しかし、それはおのれの望みが体に表れてしまっただけだった。

このたびはどうか。おたねは固唾を呑んで母の言葉を待った。

最後に胸の張りを手で触った津女は、やにわに表情をゆるめた。

そして、娘に向かって思いをこめて告げた。

「おめでとう」

少し遅れて、おたねの顔つきが晴れた。

雲間からまぶしい光がのぞいたかのような笑顔だった。

五

朗報はすぐさま伝えられた。

寺子屋を終え、聡樹とともにまかないを食べにきた誠之助は、まずひと言、

「そうか」

と、言った。

感慨のこもったひと言だった。

誠之助はそれから、津女のほうを見て訊いた。

「いつごろになりますか？　お義母さん」

「おおよそ、来年の六月ごろでしょうか」

津女は答えた。

一枚板の席には、夏目与一郎と隠居の善兵衛がいた。

「ちょうど礼次郎さんの一周忌あたりだね。向こうへ行く命もあれば、新たにやってくる命もある」

夏目与一郎はしみじみと言った。

「大事にしねえとな。中食のお運びは、そのうち雇ったほうがいいぜ」

善兵衛が言う。

「運んでる途中ですっころんだりしたら大変だからね」

まかないの甘藍焼きうどんをつくりながら、おりきが言った。

「おっかさんがお運びまでするわけにいかないからね」

と、太助。

「わたしもなるたけ手伝いますけど」

およしが言った。

「昼は持ち帰り場もむちゃくちゃ忙しいからな」

太助が首をひねった。

「ちょっとあてがなくもないので、そのうち話をまとめてこよう」

誠之助が言った。

「あてと言うと？」

おたねが訊く。

「学問仲間の妹さんだ。薬種問屋の跡取り息子で、下に弟と妹がいくたりもいる。夢屋の手伝いの話をしたら、まんざらでもなさそうな顔つきだった」

誠之助は答えた。

「それなら、昼時だけでも手伝ってもらえれば。……はいよ、甘藍焼きうどん」

おりきは醤油の香りが漂う皿を差し出した。

鰹節がふんだんにかかっていて、見るからにうまそうだ。

「なんにせよ、めでたいね」

座敷に陣取っていた明珍が言った。

「祝いの品をつくらなきゃ」

「そうそう、名を入れてよう」

「生まれたらすぐ焼きましょうや」

陶工衆は気の早い段取りを進めた。

「で、大事な話だけれど……」

座敷が静まったところで、津女が切り出した。

「わたしは本道の医者で、赤子を取り上げるわけにはいかないから、腕のいい産科医か産婆さんを見つけておかないとね」

「ああ、そうね」

おたねはそう答えて誠之助の顔を見た。

「上野黒門町まで駕籠で行くわけにもいかないからな」

誠之助は腕組みをした。

おゆめを取り上げてくれた産婆は腕が良かったのだが、そんなところまではとても行けない。

「浜松町に、一緒に本草の勉強をした女産科医がいるんだけど、ちょっと遠いかしら」

津女が言う。

「そうねえ。産気づいたら駕籠で運んでもらうとしても……」

「途中で生まれたら大事(おおごと)だ。顔の広いせがれなら、いい産婆を知ってるだろう。おれもあたりがねえことはねえんだが、だいぶ歳がいっちまってて、赤子より棺桶のほうが近そうだから」

善兵衛が言った。

「そりゃ、よしたほうがいいよ」

おりきが笑った。

「だったら、近場の産婆さんに頼んでもらって、もし何か面倒なことになったらわたしが産科医さんを紹介するということで」

津女はてきぱきと話をまとめて腰を浮かせた。

「うん、分かった。お父さんにも伝えておいて」

おたねは言った。

「このところ浮かない顔をしていることが多いから、きっと大喜びするわ。くれぐれも気をつけてね」

津女が情のこもった言葉をかけた。

六

おたねが身ごもったといううわさは、たちまちほうぼうへ広がった。

地震でおゆめを亡くし、悲しい思いをしたことはみなよく知っている。祝いの言葉を述べる顔には、例外なく喜色が浮かんでいた。

「これから玉子を食べて精をつけてもらわなきゃね」

白金村の杉造は日に焼けた顔を崩して言った。

「ええ、風邪を引かないようにしないと」

おたねも笑みを浮かべて答えた。

「いい玉子を産むように鶏に言っとくよ」

杉造が言う。

「観音汁も身の養いになるからね。頼むよ、杉造さん」

おりきが笑顔で言った。

「まかしとき」

毎朝、白金村から恵みの食材を運んでくれる男が二の腕をたたいた。

海からも祝いの品が届いた。

「めで鯛が入ったぜ」

「今日はただでいいからよ」

「おれらからの祝いなんで」

気のいい芝の漁師たちがここぞとばかりに活きのいい魚を運んでくれたから、中食は宴と見まがうほど豪華な膳になった。

寒鰡(かんぼら)、寒鰤、寒鮃。

名づけて三寒盛り膳。

刺身から焼き物、煮物まで、合戦場のような働きで、盆に載せるのに苦労するほどの膳になった。

「ひっくり返すなよ、おかみ」

「腹にややこがいるんだからよ」

「よくよく気をつけて歩きな」

なじみの客たちは情のこもった声をかけてくれた。

「お運びを入れたほうがいいぜ」

「何なら、探してやろうか？」

「おいらたち、女客が多いからよ」

於六屋の櫛づくりの職人衆が口々に言った。

「ありがたく存じます。ちょっとあてがあるもので、そちらがうまくいかなければお願いするかもしれません。その節はよしなに」

おたねは如才なく言った。

顔が広い善造が口を利いてくれた産婆はそれほどの歳ではなく、腕も達者そうだった。おたねはひとまず安堵した。

芝神明の産婆のもとへは、試しを兼ねて駕籠屋の江戸兄弟に運んでもらった。

「すっころばねえように運ばねえとな」

「そうそう、お姫様が乗ってると思ってよ」

「産気づいたら、さあっと運びますんで」

「ぱっと目を開けたら、もう芝神明で」

「どんだけ速いんだよ、おめえ」

江助と戸助は、例によって調子よく掛け合った。

おたねは毎日、夢屋ののれんを出す。そのときの感慨が違った。

ゆめや、と染め抜かれた明るい萌黄色ののれんは、おゆめの生まれ変わりだ。たった三つで死んでしまったおゆめは、夢屋ののれんになって生きる。おゆめは永遠の看板娘だ。

そのおゆめに向かって、おたねは語りかけた。

「ゆめちゃん、妹か弟ができるよ。無事生まれるように、助けてあげてね」

帯を軽くさわって、おたねは心の中でささやいた。

その近くを、日に日にそっくりになってくる親子猫が通り過ぎていった。

さちとふじだ。

ふじはおゆめの生まれ変わりではないかしら。

ふとそう思ったこともあったが、いまは考えを改めた。

この猫は、ただ縁あって夢屋に来ただけだ。

ただし、思えば不思議な縁だ。

風屋の礼次郎が亡くした娘と同じ名をつけたさちが夢屋にもらわれてきて子を産んだ。

そのうち、一匹だけ残った猫がふじだ。ささやかだが、奇跡のような縁だった。

その猫らしくなったふじが、おたねのほうを見て、

「にゃあ」

と、ないた。

「大きくなるのよ、ふじ」

おたねは穏やかな笑顔で言った。

七

いくらか経った。

おたねの顔色は見違えるように良くなった。相変わらず胸が張ったり頭がうずいたりはするが、新たな命が日に日に育っている証だと思えば何ほどのことでもなかった。

無理は禁物だが、これからいい赤子を産むためには、それなりに体を動かしたほうがいい。ゆっくりとでいいから、足もとが悪くない日は、近場を散歩するようにしたほうがいいだろう。

産婆と隠居たちからは、そんな知恵を授けられた。

おゆめを産む前もそうだった。ときおりおなかに触れながら、まだ生まれてもいないわが子に語りかけながら、おたねはいろいろな話をした。

今日は風が冷たいね。

そろそろ椿が咲くかしら。

そんなたわいのない言葉を発しながら、おたねはさまざまな風景の中を歩いた。

あの悦(よろこ)びの日々が戻ってきた。世はふたたびの光に照らされ、美しくそこに在(あ)った。

夢屋の手が空いたとき、おたねが向かったのは明正寺だった。

生恩和尚の寺には、観音像が据えられていた。観音汁の由来にもなったありがたい仏像だ。むやみに大きくはないが、お顔を拝んでいると心が洗われるかのようだった。

おたねは折にふれて観音さまを拝み、子が安らかに生まれて育つことを願った。

そればかりではない。夢屋の行く末、ひいては、外(と)つ国の圧力が強まり、不穏な出来事が続く内憂外患の日の本が平らかであるようにと願った。

「お参り、ご苦労様でございます。きっと慈愛に満ちた良い子が生まれますよ」

生恩和尚からは、いくたびも優しい言葉をかけてもらった。

「ありがたく存じます。上の娘を早く亡くしてしまいましたので、今度こそはと」

おたねの声に力がこもった。

「お気持ちはよく分かりますが、あまり気を張りすぎぬように」

和尚は温顔で言った。

「ええ」

おたねがうなずく。

「新たな命が宿られたのも、観音さまのお導きです。森羅万象、この世に吹く風にも観音さまの息吹はこもっています。それを感じながら、どうか平らかなお気持ちでお過ごしください」

和尚は穏やかな声音で告げた。

「はい。観音汁も呑んで、精をつけるようにしています」

おたねは笑顔で答えた。

「それなら、何も案じることはありません。観音さまのご加護があるでしょう」

生恩和尚はそう言って両手を合わせた。

八

年の残りがだんだん少なくなってきたある日、初めての客が二人、夢屋ののれんをくぐった。

「紹介しよう。金杉橋の薬種問屋、大黒堂の跡取り息子の政太郎と、その妹のおすみちゃんだ」

誠之助がまずおたねとおりきに告げた。

今日の寺子屋は休みで、聡樹とともに英書の輪読会を行ってきた帰りだ。誠之助と聡樹が主導する勉強会で、場所は芝神明の門前町の裏手だから、さほど離れてはいない。

「大黒堂の政太郎でございます。これからは洋学も必要だと思い、英書輪読の末席を汚しております。よろしくお願い申し上げます」

政太郎はよどみなく言った。

学問に垣根はない。武家もいれば、政太郎のようなあきんどの息子もいる。来る者拒まずで、ともに学問に打ちこんでいた。

「夢屋のたねでございます。お世話になっております。こちらは料理人のおりきさん」

今度はおたねが身ぶりをまじえて紹介する。

「よしなに」

おりきが笑顔で短く告げる。

政太郎とおすみも礼を返した。

「それから、持ち帰り場の太助さんとおよしちゃん」

「はい、よろしゅうに」

太助が元気よく言った。

「常連は後でいいからね」

一枚板の席に陣取った夏目与一郎が言った。

その隣で、隠居の善兵衛が笑う。

「で、年が明けて身重になってくると、いまでさえ大変な中食の膳運びが難儀になる。そこで、おすみちゃんに手伝ってもらおうかという話になったわけだ」

誠之助がまだ十五、六と思われる娘を手で示した。

「すみ、と申します。どうかよしなに」

いくぶん硬い顔つきで、娘が頭を下げた。

「まあ、立ち話も何ですから、どうぞお座敷に」

おたねが手で示した。

幸い、座敷はあいていた。政太郎とおすみの兄妹、それに、誠之助と聡樹が座る。

政太郎は下戸(げこ)ということなので、それに合わせてまずは茶が運ばれた。

「何をおつくりしましょう」

おりきが厨から問うた。

「よそでは出ない甘藍をぜひ食べてみたいということで」

誠之助が笑顔で答えた。

「そりゃありがたいねえ」

甘藍を育てている夏目与一郎がすぐさま言った。

「なら、甘藍の玉子炒めを」

女料理人はすぐさま手を動かしはじめた。

その後は細かい段取りの話になった。

「手伝っていただくのはありがたいけれど、金杉橋から毎日ここまで中食のお運びだけ通ってもらうのはどうかしら。雨の日なんかは大変かも」

おたねがいちばん気になっていたことを口にした。

「善造さんに頼んで、近くの長屋を借りたらどうかという話をしていたんだ」

誠之助が言った。

「だったら、すぐ決まるよ」

夏目与一郎が言う。

「せがれにも言っとくが、若え娘(わけ)さんが一人で住むのかい？　そいつぁ、ちょいと物騒じやねえか？」

善兵衛がいくらか案じ顔で問うた。

「いえ、わたくしも一緒に住むつもりです。妹だけ住まわせるわけにはいきませんから」

政太郎がすぐさま言った。

「ああ、それなら安心だ」

と、善兵衛。

「大黒堂さんのほうはよろしいんですか？」

おたねが少し遠回しにたずねた。

跡取り息子だから、見世の手伝いなどがあるだろう。おすみは近くでいいとしても、政太郎が遠くなってしまう。

「親父さんがわりと鷹揚なんだ」

誠之助が先に言った。

「はい。いずれは薬種問屋を継ぐことになりますが、これからの世の中、見聞を広めることも必要だと言って、好きなようにやらせてもらっています。ありがたいことで」

政太郎は軽く両手を合わせた。

「それで、寺子屋のほうもわらべが増えて大変になってきたから、日を決めて手伝ってもらおうかと思ってな」

誠之助はおたねに言った。

「ああ、それなら近いほうがいいわね」

おたねの表情がぱっと晴れた。

「もちろん、大黒堂にもときどき顔を出さねばなりませんが、品川などにも薬に関わる方々がいろいろお住まいになっていますし、お医者さんを廻ったりするあきないもできますので」

聡明そうな目つきをした若者が言った。

「それなら、手始めに玄斎先生のところだね」

元与力の狂歌師が笑う。

「ええ。お話は光武先生からうかがっておりますので、遠からずご挨拶にと」

政太郎は如才なく言った。

「じゃあ、年のうちに長屋を決めて、年明けからお手伝いに来ていただくという段取りでいいかしら」

おたねが言った。

「はい、それでよしなにお願いいたします」

おすみがぺこりと頭を下げた。

ここで料理ができた。

甘藍の玉子炒めに、中食でも出した観音汁だ。

「……わあ、変わった味でおいしい」

おすみが目をまるくした。

「そうだね。初めての味だ」

政太郎も驚いたように言う。

「こういった料理なら、異人にも好まれるかもしれないな」

聡樹が何か思案ありげに、半ば独りごちるように言った。

ここで、海目四目がだしぬけに狂歌を一首詠んだ。


初めての味なら夢屋に通ふべし甘藍の味南蛮の味

「なるほど。『甘藍』と『南蛮』が韻を踏んでるんですね」

おたねが真っ先に言った。

「さすがは、おかみ」

作者が芝居がかったしぐさでひざを打った。

終章　祝い焼き飯

一

新年になった。

正月の三が日のあいだ、夢屋は休みだ。玄斎と津女の診療所も休む。急病人が駕籠で運ばれてくることもあるが、それを除けば久々に家族水入らずの時になった。

「今年の正月はいつもと違うな」

屠蘇（とそ）を呑みながら、玄斎が笑みを浮かべた。

「そうね」

おたねは軽く帯に触った。

「まだ名前は思案してないの？」

雑煮の支度をしながら、津女がたずねた。

「だって、男か女か分からないもの」

おたねが答える。

「あらかじめ思案しておかないと、生まれてから相談したらなかなか決まらないぞ」

玄斎が機嫌よさそうに言った。

亡くなった患者の遺族にねじこまれたりしたせいで、ひと頃は苦虫をかみつぶしたような顔をしていたが、おたねが身ごもったという知らせを聞いて、急に元気になったようだ。

「まあ急ぐことじゃないから。誠之助さんとじっくり考えてみる」

おたねは言った。

「そうだな。まだちょっと気が早い」

玄斎はそう言って、猪口の酒を呑み干した。

雑煮ができた。

切り餅に、里芋、大根、人参、小松菜。具がふんだんに入った雑煮だ。

最後に削り節を少しかける。削りたての鰹節は熱を受けて踊るように動いた。

そのさまに、楽しげに遊ぶわらべの姿が重なる。

おたねは瞬きをすると、雑煮の椀を手に取った。

ほっとする味だった。むかしから舌になじんだ母の味だ。

半ばほど胃の腑に入れたとき、足音が響いた。誠之助が帰ってきたのだ。

「おかえりなさい。どうでした？」

おたねが問う。

「猫は師走も正月も変わりがないからね。うまそうにえさを食べてたよ」

誠之助は笑みを浮かべて答えた。

夢屋は休みだが、看板猫のさちとふじにえさと水をやらなければならない。坂の上り下りがあるから、これは誠之助のつとめになった。

「お雑煮をどうぞ」

津女が椀を渡した。

「いただきます」

ひざを崩して、誠之助が受け取った。

「雑煮を食ったら、初詣へ行かないとな」

玄斎が言った。

「どこへ行きます？」

津女が問う。

「そうさな、芝神明か」

玄斎は軽く首をひねった。

「歩いて行くにはちょっと遠いかもしれませんね」

誠之助が箸を止めて言った。

「生恩和尚さんのところはどうかしら」

おたねは水を向けた。

「なるほど、明正寺か」

と、玄斎。

「観音様に縁があったからな。いいかもしれない」

誠之助が乗り気で言った。

話はたちどころにまとまった。

親元へ戻っている玄気を除く一同は、雑煮を食べ終えると明正寺へ向かった。

二

「ようこそのお参りでございました」

生恩和尚が両手を合わせて頭を下げた。

芝神明なら破魔矢などが出て、参詣客が詰めかけるのだが、こちらは知る人ぞ知る観音さまを祀る地味なたたずまいだから、白湯を呑みながら和尚と落ち着いて話すことができる。

「新たな年の観音さまは、また違ったお姿のように見えました」

おたねは言った。

「観音像のお顔は、お参りする方の心を映す鏡のようなものですから」

和尚は言った。

「心を映す鏡、でございますか？」

いくらかいぶかしげに、おたねは問うた。

「そうです。新たな命を宿されたあなたさまがごらんになったからこそ、違ったお姿のように見えたのでしょう。あるいは、これから生まれてくるお子様の目もそこはかとなく重なっていたのかもしれません」

「なるほど」

おたねは得心のいった顔つきになった。

「今年は医術の腕を上げたいものです」

白湯を呑み干した玄斎がぽつりと言った。

「お義父さんはいまでも名医じゃないですか」

誠之助が言う。

「いやいや」

玄斎は首を横に振ってから続けた。

「観音さまがどんな病人でも治せる名医だとすれば、わたしなんぞ地べたを這う虫みたいなものだよ。残念ながら、救えない患者さんもたくさんいる」

玄斎の言葉に、津女もゆっくりとうなずいた。

「そのお心がけが尊いと思います」

和尚が言った。

「少しでも上を仰ぎ見る気持ちがあれば、おのずと坂を上り、また違った景色が見えてくることでしょう」

心にしみる言葉だった。

「学問もあきないも同じですね」

誠之助が言った。

「さようです。何事も同じ要諦です」

生恩和尚が温顔を向けた。

「今年も気張っていきましょう、おまえさま」

おたねは笑顔で声をかけた。

「おう」

誠之助は短く答えた。

三

夢屋は四日からのれんを出した。

その年初めての中食は、新春祝い膳だった。

大きな餅が入った具だくさんの雑煮に赤飯、昆布巻きに栗きんとんに紅白蒲鉾。それに、海老や刺身の海の幸がついた椀飯振舞(おうばんぶるまい)だ。

「いい？　落ち着いてね」

おたねがおすみに言った。

「はい」

同じ明るい萌黄色の帯を締めた娘が答えた。

せっかくお運びの娘が入るのだからと、のれんの色に合わせたおそろいの帯を新調した。

そこには「ゆめや」という字がちりばめられている。

「品数が多いから、厨がてんてこ舞いでお客さんに待ってもらうかもしれないがね」

おりきが手を動かしながら言った。

「『相済みません。お待ちくださいまし』って言ってつないでてくれればいいから」

少しこわばった顔をしている娘に、おたねが告げた。

「持ち帰り場の手が空いたら手伝うからよ」

太助が声をかける。

「きばってね」

数えの歳を加えた春吉がそう言ったから、夢屋に和気が満ちた。

「落ち着いてやれば大丈夫だよ」

いくらか気遣わしげに言ったのは、兄の政太郎だった。

善造の長屋に空きが見つかり、年の瀬に家移りをして一緒に暮らしている。今日は妹の初陣(ういじん)を少しでも助けるべく、厨で手伝いをすることになっていた。

誠之助と聡樹の寺子屋も今日から始まる。中食の手伝いが終われば、政太郎はそちらの見習いに移ることになっているから、なかなかに忙しい。

「じゃあ、いい？　もうお客さんがいらしてるから、のれんを出すわよ」

おたねが言った。

「へい、承知」

まず太助がいい声を響かせた。

「準備は万端だよ」

おりきが言う。

「よし。気張っていこう」

政太郎がおすみに言った。

初陣の妹がうなずく。

おたねは明るい萌黄色ののれんを手に取った。

(今年も夢屋をよろしくね、ゆめちゃん)

心の内で告げると、おたねはのれんをかけた。

そして、すでに並んでいる客に笑顔で告げた。

「お待たせしました。いらっしゃいませ」

中食の客は次々に入ってきた。

「おう、めでてえな」

「今年もうめえもんを食わしてくれ」

「初春らしい、いい天気になったじゃねえか」

なじみの大工衆がにぎやかに入ってきた。

「おっ、うわさの新顔かい」

暇な武家の平田平助が言う。

「すみと申します。よしなに」

おすみが礼をした。

「はい、上がったよ」

厨から声が飛んだ。

たちまち合戦場のような忙しさになった。おたねのように慣れていても、ときどき何を先にすればいいのか分からなくなってしまう。

「お、べっぴんがお運びに入ったのかい」

「こりゃますます足が向くな」

「おお、年明けから豪勢な膳じゃねえかよ」

客のにぎやかな声がほうぼうで響く。

中食の膳は飛ぶように出た。

「蒲鉾を切っておくれ」

「はい、承知」

おりきの声に応えて、やや危なっかしい手つきで政太郎まで包丁を使った。

それやこれやで、新春祝い膳はまたたくうちに売り切れた。

四

「どうだい、だいぶ慣れてきたかい」

夏目与一郎がおすみにたずねた。

新春祝い膳に続いて七草粥膳も終わり、正月の淑気も薄れてきた頃合いだ。

「ええ、しくじりも多いですけど」

おすみが答える。

「中食の支度から後片付けまで、気張ってつとめてくれるからずいぶんと助かってますよ」

おたねが笑顔で言った。

「そうかい。兄ちゃんも寺子屋の先生をやりだしたし、兄妹でいい助っ人になったね」

夏目与一郎がそう言ったとき、さちがぴょんと一枚板の席に飛び乗った。

「おまえが幸(さち)を持ってきてくれたのかもしれないね」

おたねが猫を見て言った。

「おたねさんにややこもできるし、ほんとに福猫だね」

おりきが笑った。

表では春吉がふじに猫じゃらしを振ってやっていた。体は大きくなったがまだまだ子猫で、棒にひもをつけたものに喜んで飛びつく。そのさまを見ているだけでおのずと心がなごんだ。

「なら、今日は兄の代わりに薬屋さんを見てきますので」

おすみはそう言って夢屋を出ていった。そのうち、何か習い事も始めたいということだ。

ややあって、寺子屋が終わり、誠之助と聡樹、それに政太郎が戻ってきた。まかないも三人分だ。

今日は葱と甘藍の軸を刻んだ焼き飯だ。醬油のいい香りが漂う。

「まかないが終わったら、ちょっと大事な話があるんだ」

誠之助がまずおたねに言った。

「大事な話?」

「そう。ちょうど四目先生もおられるしね」

誠之助は思わせぶりに言った。

「わたしに関わりがあるのかい？」

夏目与一郎が問うた。

「ええ。瓢簞から駒が出たような話で」

誠之助はそう言って聡樹を見た。

そのわけは、まかないのあとに分かった。

前に横浜に夢屋の出見世を出したらどうかと水を向けられたことがある。異人も相手にする見世にしたいから、あるじはしかるべき人でなければならない。そのうちいい人が見つかればという話をしていたところ、なんと聡樹がやる気になったらしい。

「まあ、聡樹さんが」

おたねが目を丸くした。

「ええ。かなり思案したのですが、横浜で英語や蘭語を使いながら、新たなあきないをやってみたいと思いまして」

聡樹の瞳にはいい光が宿っていた。

「先の福沢諭吉殿、このたび松代で会った高杉晋作殿の人となりと力にも動かされたようだ」

　誠之助が頼もしそうに言った。

「で、いまのうちと同じようなあきないを？」

　おたねが問うた。

「それだと間口が広すぎるから、初めは持ち帰り場をやればどうかと相談していたところだ」

「串揚げならいくらでも教えるよ」

　太助が右手を挙げる。

「ほかの料理もね」

　おりきが笑う。

「何を出すかはいずれ思案するとして、修業はさせてもらいますよ」

　聡樹は白い歯を見せた。

「まさしく、夢があふれる夢屋だな」

　元与力の狂歌師が笑みを浮かべた。

「ほんとに、横浜に出見世なんて、ここにのれんを出したときは考えもしなかった」

　おたねはそう言ってのれんを見た。

明るい萌黄色ののれんが、風を受けてふるりと揺れた。

五

子を身ごもると、食べ物の好みがずいぶんと変わることがある。

おたねもそうだった。むやみに酸っぱいものが食べたくなった。

そこで、誠之助が梅干しをたくさん仕入れてきた。

よかれと思って多めに仕入れたのだが、あいにくずいぶん余った。そこで、おのれが言いだしたのだからと、おたねがわが手で梅干しを使ったまかないをつくった。

梅肉たたきをふんだんに使った焼き飯だ。

ほぐしてよくたたいた梅肉をあらかじめ醬油でのばしておく。焼き飯の具は何でもいいが、その日は葱と甘藍を刻んだものを用いた。

溶き玉子と合わせた飯に具を投じ、飯がぱらぱらになるまで平たい鍋で炒める。これに醬油でのばした梅肉を投じ、むらが出ないようにさらに炒める。

白胡麻を加えてさらに炒め、仕上げにたっぷりの削り節をまぜる。これで風味豊かな梅おかか胡麻焼き飯の出来上がりだ。

「わあ、おいしい」

舌だめしをしたおたねが声をあげた。

「酸っぱくておいしいね」

おりきも笑みを浮かべる。

「これなら中食でもいけますよ」

太助が太鼓判を捺した。

「しかし、梅おかか胡麻焼き飯ではちょっと長いな」

誠之助が言った。

「じゃあ、ややこを迎えるための焼き飯だから……」

おたねは匙を止めた。

「お迎え焼き飯でいいんじゃないかね」

「それだと、あの世からお迎えが来ちまうみたいだよ、おっかさん」

太助がそう言ったから、夢屋に笑いがわいた。

「新春祝い膳の次だから、祝い焼き飯でいいんじゃないか？」

残りを味わいながら、誠之助が言った。

「祝い焼き飯……そうね、言いやすいかも」

おたねが言った。

「なら、それで決まりだね」

おりきが手をぽんと拍ち合わせた。

六

翌日、おたねは最後の中食の客を明るく見送った。

「毎度ありがたく存じました」

「ありがたく存じます」

おすみも言う。

早くも慣れたようで、だいぶいい声が出るようになった。

中食にはさっそく祝い焼き飯を出した。手間がかかるので数を絞ったこともあるが、膳はまたたくうちに売り切れた。

ほかに、観音汁と朝獲れの魚の刺身をつけた。海山の幸が満載の豪華な膳だ。

今日もいい天気で、抜けるような青空だった。正月の光を弾き、観音汁はひときわつややかに輝いた。

二幕目に入る前に、おたねは裏手の物置に向かった。新たな皿を取りにいったのだ。

「今日はいいお天気ね」

並んで日向ぼっこをしていた白い親子猫に声をかける。

さちとふじはいつも仲良しで、身を寄せ合って暮らしていた。

ふと見ると、生まれてまもなくして亡くなった子猫の小さな墓が見えた。そこにも観音さまの微笑のような光が差している。

子をなくして悲しんでいたさちも、こうして元気になり、ふじと一緒にけなげに生きている。その姿に、おのれの影がそこはかとなく重なった。

「じゃあね」

さちとふじの頭を軽くなでてやると、おたねは伊皿子焼の白い皿を胸に抱いたまま、坂を少し上った。

海を見たくなったのだ。

伊皿子坂の途中からは海が見える。

御恩の光を弾きながらさざめく、器のような海が見える。

そのたたずまいが、いつのまにか変わっているような気がした。

海の鏡に、人の顔が浮かぶ。

去っていった者の顔がおぼろげに浮かんで消えた。

「ゆめちゃん……」

海から吹く風に向かって、おたねは語りかけた。

「生まれてくるややこを、よろしくね」

おたねはそう言って瞬きをした。

海の鏡に映るおゆめの顔がくっきりと浮かんだ。

小さな娘は、笑っていた。

［主要参考文献］

松下幸子『図説江戸料理事典』（柏書房）
現代語訳・料理再現　奥村彪生『万宝料理秘密箱』（ニュートンプレス）
島﨑とみ子『江戸のおかず帖　美味百二十選』（女子栄養大学出版部）
料理＝福田浩、撮影＝小沢忠恭『江戸料理をつくる』（教育社）
『人気の日本料理2　一流板前が手ほどきする春夏秋冬の日本料理』（世界文化社）
志の島忠『割烹選書　夏の献立』（婦人画報社）
志の島忠『割烹選書　酒の肴春夏秋冬』（婦人画報社）
田中博敏『お通し前菜便利集』（柴田書店）
畑耕一郎『プロのためのわかりやすい日本料理』（柴田書店）
『和幸・高橋一郎の旬の魚料理』（婦人画報社）
野﨑洋光『和のおかず決定版』（世界文化社）
川口はるみ『再現江戸惣菜事典』（東京堂出版）
小菅桂子『近代日本食文化年表』（雄山閣）

『復元・江戸情報地図』（朝日新聞社）
日置英剛編『新国史大年表　六』（国書刊行会）
斎藤月岑著、金子光晴校訂『増訂武江年表2』（平凡社東洋文庫）
大平喜間多『佐久間象山』（吉川弘文館）
松本健一『佐久間象山　上下』（中公文庫）
紀田順一郎『横浜開港時代の人々』（神奈川新聞社）
一坂太郎『高杉晋作　情熱と挑戦の生涯』（角川ソフィア文庫）
喜田川守貞著、宇佐美英機校訂『近世風俗志』（岩波文庫）
酒井雄哉『一日一生』（朝日新書）

光文社文庫

文庫書下ろし／長編時代小説

ふたたびの光　南蛮おたね夢料理(六)

著者　倉阪鬼一郎

2018年1月20日　初版1刷発行

発行者　鈴木広和
印刷　慶昌堂印刷
製本　フォーネット社

発行所　株式会社 光文社
〒112-8011　東京都文京区音羽1-16-6
電話 (03)5395-8149　編集部
8116　書籍販売部
8125　業務部

ISBN978-4-334-77595-7　Printed in Japan

組版　萩原印刷